民國文存

100

中國戲劇概評

培 良 著

知識產權出版社

在本書中，作者針對 20 世紀 20 年代現代戲劇在中國的發展狀況進行分析和探討，介紹和評論當時的主要戲劇創作者和評論家，如陳大悲、丁西林、胡適等，其中特別對於現代戲劇的內容、題材、舞台、化妝、演員等，都提出獨到的見解，對於現代戲與舊戲的區別以及現代戲劇在中國的發展道路和前景也展開了探討。

　　本書對於瞭解中國現代戲劇發展初期的基本面貌和存在的問題具有參考價值。

責任編輯：文　茜　　　　　責任校對：潘鳳越
封面設計：正典設計　　　　責任出版：劉譯文

圖書在版編目（CIP）數據

　　中國戲劇概評／培良著．—北京：知識產權出版社，
2016. 11
　　（民國文存）
　　ISBN 978-7-5130-4545-2

　　Ⅰ.①中…　Ⅱ.①培…　Ⅲ.①戲劇文學評論—中國
Ⅳ.①I207. 3

　　中國版本圖書館 CIP 數據核字（2016）第 258767 號

中國戲劇概評

Zhongguo Xiju Gaiping

培良　著

出版發行：**知識產權出版社** 有限責任公司

社　　址：北京市海淀區西外太平莊 55 號　　　　郵　　編：100081
網　　址：http://www.ipph.cn　　　　　　　　郵　　箱：bjb@ cnipr. com
發行電話：010-82000860 轉 8101/8102　　　　傳　　真：010-82005070/82000893
責編電話：010-82000860 轉 8342　　　　　　責編郵箱：wenqian@cnipr.com
印　　刷：保定市中畫美凱印刷有限公司　　　　經　　銷：新華書店及相關銷售網站
開　　本：720mm×960mm　1/16　　　　　　印　　張：7
版　　次：2016 年 11 月第一版　　　　　　　印　　次：2016 年 11 月第一次印刷
字　　數：85 千字　　　　　　　　　　　　定　　價：26. 00 元

ISBN 978-7-5130-4545-2

民國文存

（第一輯）

編輯委員會

出版前言

　　民國時期，社會動亂不息，內憂外患交加，但中國的學術界卻大放異彩，文人學者輩出，名著佳作迭現。在炮火連天的歲月，深受中國傳統文化浸潤的知識分子，承當著西方文化的衝擊，內心洋溢著對古今中外文化的熱愛，他們窮其一生，潛心研究，著書立說。歲月的流逝、現實的苦樂、深刻的思考、智慧的光芒均流淌於他們的字裡行間，也呈現於那些細緻翔實的圖表中，在書籍紛呈的今天，再次翻開他們的作品，我們仍能清晰地體悟到當年那些知識分子發自內心的真誠，蘊藏著對國家的憂慮，對知識的熱愛，對真理的追求，對人生幸福的嚮往。這些著作，可謂是中華歷史文化長河中的珍寶。

　　民國圖書，有不少在新中國成立前就經過了多次再版，備受時人稱道。許多觀點在近一百年後的今天，仍可說是真知灼見。眾作者在經、史、子、集諸方面的建樹成為中國學術研究的重要里程碑。蔡元培、章太炎、陳柱、呂思勉、錢基博等人的學術研究今天仍為學者們津津樂道；魯迅、周作人、沈從文、丁玲、梁遇春、李健吾等人的文學創作以及傅抱石、豐子愷、徐悲鴻、陳從周等人的藝術創想，無一不是首屈一指的大家名作。然而這些凝結著汗水與心血的作品，有的已經罹於戰火，有的僅存數本，成為圖書館裡備受愛護的珍本，或成為古玩市場裡待價而沽的商品，讀者很少有隨手翻閱的機會。

鑑此，為整理保存中華民族文化瑰寶，本社從民國書海裡，精心挑出了一批集學術性與可讀性於一體的作品予以整理出版，以饗讀者。這些書，包括政治、經濟、法律、教育、文學、史學、哲學、藝術、科普、傳記十類，綜之為"民國文存"。每一類，首選大家名作，尤其是對一些自新中國成立以后沒有再版的名家著作投入了大量精力進行整理。在版式方面有所權衡，基本採用化豎為橫、保持繁體的形式，標點符號則用現行規範予以替換，一者考慮了民國繁體文字可以呈現當時的語言文字風貌，二者顧及今人從左至右的閱讀習慣，以方便讀者翻閱，使這些書能真正走入大眾。然而，由於所選書籍品種較多，涉及的學科頗為廣泛，限於編者的力量，不免有所脫誤遺漏及不妥當之處，望讀者予以指正。

目　錄

Ⅰ 中國戲劇概評 ……………………………………… 1

Ⅱ 從陳大悲到丁西林 ………………………… 10

　1. 陳大悲底成功及其失敗 ……………………… 10

　2. 胡適之之類 …………………………………… 16

　3. 趣味底創造者 ………………………………… 24

Ⅲ 教訓與感傷 ……………………………………… 30

　1. 咖啡店之一夜 ………………………………… 30

　2. 所謂歷史劇 …………………………………… 36

　3. 感傷者 ………………………………………… 43

　4. 其他的作家 …………………………………… 50

Ⅳ 我們的舞台 ……………………………………… 57

Ⅴ 論國劇運動 ……………………………………… 73

Ⅵ 結　論 …………………………………………… 86

編後記 ………………………………………………… 95

I 中國戲劇概評

我原來的意思是想要寫"中國戲劇的昨日，今日，明日"的。我想在一篇文章裏，解釋過去，敘述現在，推測將來，成為頗為完整的戲劇變遷史。但當我動手整理材料時，我知道那樣的計畫是不可能的，我只得放棄了，寫這一篇簡略的東西。

我們的戲劇還只有短短的幾年的歷史——我是，根本上就不承認舊戲，我以為那只是民族卑劣精神底表現；在這篇文章裏面，除掉有攻擊之必要時，我是不提到那個的。我們的戲劇，不獨看不見盛大有望的將來，連過去也看不見呢。呈露在我們面前的，只是漆黑一團，在這漆黑一團中，真正的戲劇還未曾好好發育，已經遇到謀害，遇到暗殺了。似乎，戲劇是什麼東西，在中國還是許多人不能明瞭的問題，而一方面舊劇正借着狡猾的好看的面具，想要用"國劇"這樣一個動聽的名字，來盜竊戲劇的地位。雖然這樣的言論只是由於國家主義者虛矯的誇大心和愚妄的虛榮心發出來的，而這樣的言論却居然存在着，存在於惟一研究戲劇的藝術專門學校裏，這現象是，使投身戲劇的人不能不感到凄涼呵。研究戲劇的人是這樣少，而這很少數的人，又有許多走到錯誤的虛妄途徑上去了。在這樣一個薄弱可憐的戲劇界裏，我雖然想要說話，是沒有什麼話可說的。我要寫中國戲劇的昨日、今日、明日，終於沒有法子可寫，這是多麼一件難受的事！我希望，在最近的將來，我能夠有機會，有機會遂我初願呢。

這一篇文章裏，我並不想作系統的歷史研究，也不想拿我的意見作將來的途徑底指導者。我的意思是，想在可能範圍以內，稍微說明一下這漆黑一團的情形，並且想努力把幾個曾經負有聲名或負有聲名以及一些努力工作而尚未得到他們工作的收穫的作家分析或批評一下；並且，我希望我能夠，指出一些通行的觀念和理論底錯誤，給以相當的辯正；最後，我要結算一下，看看這種現象的根本原因是怎麼樣的，或者還要說一點我個人對於將來的希望。這並不是說我對于將來已經有了若何具體計畫，或者要强迫人家信服我的意見。我還沒有這樣的能力。我不過要在這漆黑一團中，相當地把我個人的意見稍微表白一點，以及我個人要怎麼樣做而已。

講到我們戲劇界的薄弱可憐，這是用不着拿許多話來說明，也是無容諱飾的。從最初介紹外國劇本到現在，恐怕有三十年了，從人藝戲劇專門學校成立，也有了五年了，我們的成績在那裏呢？曾經有過一次滿意的表演沒有？有過一篇成功的劇本沒有？就是以劇本的產生量而論（我是，雖然承認舞台和劇本是戲劇底兩輪，但究竟是傾向於劇本中心論者），這許多年來，我們究竟有多少劇本？這篇文章裏面，除掉登載在不很著名的期刊上的以外，所有的劇本我差不多都搜到了。我們只有不到三十個的劇作者，這中間半數是只作過一篇劇本的，而所作的三分之二是獨幕劇。劇集不到一打，論劇的書則只有三四本內容淺薄的雜論，連一本稍有統系的翻譯都找不到。這實在是太可憐了！在文學創作中，戲劇比較要熟諳的技術，比較地難於了解；而又因為是綜合的（不是混合的）藝術的原故，不能單獨由於劇本而得到完全的進展，她需要舞台，而舞台則需要科學和經濟底幫助。劇本這樣貧乏，戲劇這樣不進展，一方面由於工作者不努力，一方面則由於民衆不了解戲劇底意義。使民衆了解這工作，以前的人曾經努力過，沒有得到完滿的成功，現在，這工作還存留着在，需要更多的努力呢。

　　舞台之不發達，也是戲劇不能進展的一大原因。本來戲劇是支持在劇本和舞台兩個輪子上面的；現在一個殘缺不全，一個完全沒有，這是多麼畸形的現象呵。如詩和小說，是能夠選擇讀者的。一篇好的劇本，雖然不藉排演也能收到完全效果，但這只有少數諳熟文學和戲劇的人能夠，普通的讀者是不喜歡看劇本的。戲劇要傳達於民衆則需要排演，況且排演本身也是一種藝術，雖然排演不能離劇本而單獨存在。詩和小說，我們可以說，已經稍微得到一點立足地了，舞台還完全沒有。職業的演劇團體（職業的劇團不能表現戲劇的最高點，但可以表現出戲劇的發達）是一直不曾有過，常常供給戲劇底表演、有供給表演的設備的劇場也不曾有過。而因為不被容納，演員也放棄責任（也許後者才是原因），趨於墮落了。所以號稱在戲劇界頗有聲名的洪深——其實他的成績只改譯了兩個劇本，以後便走到電影界去了——竟在藝術專門學校的演講中說出"演劇並不難，只要不要臉便成"的話來了，這是多麼大的恥辱！

　　十一年和十二年間，北京成立了兩個頗為奇特的專門學校，而兩個學校的命運竟很相像。這兩個學校，同是聳動一時，同是被社會認為"跟我們都不一樣"，同是努力於一些新的特殊的學術，而結局同是因內部鬧意見而分裂。這兩個學校是：世界語專門學校，人藝戲劇專門學校。人藝戲劇專門學校，如其名字所示，是趨向於為人生的藝術的（但不如說人道底藝術更要確當一點）。這是他們所標定的主張。這個學校，雖然是對於戲劇還沒有透澈的了解底陳大悲同蒲伯英所創辦，雖然沒有留下什麼成績就消滅了，但在我們貧乏而短促的戲劇史裏面，究竟成了一次波瀾，放了一次火花。要不是因為內部鬧一點衝突而消滅了，則一直到現在，至少是在舞台一方面，一定有些成績給我們看的。這個學校失敗的原因，表面上是學生不滿意陳大悲，但這並不足影響到學校根本生命。事實上是，陳大悲同他們一派的戲劇已經停滯不能再進了，便崩潰破壞，而同時社會上却再加以卑劣的攻擊。關於這，下一章我還要說一些話的。

舊戲在社會上的勢力還是很大，不獨流行於普通羣衆間，就是所謂學者文士門，也沉溺在裏面。在我們這畸形的社會裏，既有了念 "ABC" 的洋捧角家，又有為舊劇護法的新學者，而且，聽說國立藝術專門學校戲劇系竟要請所謂紅豆館主這個票友去教舊劇呢！舊劇這樣的東西，侮弄着性，賞玩着殘酷而創造一些淺薄誇張卑劣的趣味的；在虛偽飄浮像我們的民族似的社會裏，讓梅蘭芳的像片永恆地掛在廊房頭條，稱他為藝術家，原也是應有的花樣，毫不足驚奇。不過像留學外國、專門研究過戲劇回來的學者也投到那旗幟下去的一件事，終嫌鶻突一點，但是一看他們思想的根本立足點，則也會承認那是當然的事呢。

民國十年前後間，《新青年》的戰士同陳大悲一班人，曾經猛烈地攻擊過舊劇。《新青年》一班人，除掉陳獨秀、錢玄同等外，當時還有周作人的。但他去年作《中國戲劇的三條路》時，他的態度已經趨於軟化而墮落了。他本來不大瞭解戲劇，他這種態度的變化於戲劇的本身是沒有關係的；不過從民衆間看，他這種態度底變化是能夠引起一些壞影響的，所以我也覺得這很可惜。

那時候，陳大悲一班人除掉在各報紙、雜誌發表文字以外（主要的是《晨報副刊》），還由新中華戲劇協社出了一種月刊叫《戲劇》的。這個刊物沒有出完兩卷就停止了。就現在看起來，他們的根據還嫌薄弱一點，觀察也不十分敏銳，所以論斷常限於浮面的事實，但那種勇敢的、決然的、不肯妥協的態度是很可愛的。現在一回想到那個，就不禁有"他們所走的路雖然不十分好，但他們已經走過他們所能夠走的路"的那樣的感想了。

不知道是因為人藝戲劇專門學校失敗，陳大悲被社會攻擊倒掉，使努力於戲劇的人喪膽呢，還是由於根本上就不曾有過努力於戲劇的人？從那時候以後，一直到現在，戲劇毫沒有進步，而且也沒有要進步的曙光。熊佛西最近的作品反有退步的樣子。最新的劇家如丁西林則有着比一切作家都壞的惡習，白薇女士和余上沅等比起從前的作家，只字句間整飭一點，而精神反趨於虛偽。劇本的產生量不見得多，舞台不見得進步，而各處"愛美的"劇團似乎少見了。但所謂愛美的劇團減少這件事並沒有壞的影響。像那樣毫無訓練、毫無誠心（而壞到沒有辦法的，就是毫不忠實的態度）的愛美的劇團之過量產生不會與戲劇進展一些幫助，而在某一意義上，反倒有所阻礙的。不過對於戲劇底冷淡，缺乏一種憨直地盲進的精神，終於是戲劇沒有進步的致命傷。不肯犧牲，不肯走向艱苦中，而只想以一些伶俐、一些聰明小巧希圖取得若干小便宜的心情，不獨在戲劇，其餘的藝術也都陷在這汙泥裏。若是真的有什麼具體的國民性的話，我恐怕這種聰明伶俐小巧就是我們的國民性罷。

戲劇之傳到中國來，起初，並不是因為藝術，而只是偶然的事。這個，並不是一種有目的、有計畫、有統系的介紹；而且，也並沒有整個地介紹過來，只採取了戲劇的某一部分。這殘缺不全的東西，便成了一種頗為奇怪的畸形物。"文明戲"（或叫作"新劇""文明新劇"）這個名詞出現在社會上已有頗久的歷史了。文明戲，是怎麼起原的，我不大明瞭，不知道是不是從春柳社的，至少，春柳社是這個運動的中堅。這社最初是在日本成立，以後才回到上海。在當時，雖然不是藝術底地，但也頗有他們的目的；這目的，便是藉這種東西來現身說法以移風易俗的。而且聽說當時頗有革命黨人到舞台上去作一種戲劇式的演說。當時的春柳社（這已經是十多年的事了）也頗曾努力過，但因為沒有懂得戲劇的根本意義，其努力，終於得不到一點効力；漸漸地不復努力，以後便墮落了，一直墮落到現在上海戲園子裏的新戲，墮落到所謂連環戲者。

在那個時期，曾經產生過許多的劇本，就是所謂"幕表制"者。幕表制是一種頗為奇特的東西，一種不成形的劇本。這種劇本沒有寫成的，只有一點大綱，分出幕來，或者甚至於不分幕，臨演時再支配。演員只知道他們大概要怎麼樣做，大概說些什麼，而不知道確實怎麼樣做、怎麼樣說，臨到舞台上再自己編。這類劇本，有幾個頗風行的，如《社會鐘》《安重根》《亡國恨》之類，差不多到現在外省還有人演的。而陳大悲的代表作《英雄與美人》，也是由幕表制的劇本改作的（他所作的幕表制的劇本還很多，大概《幽蘭女士》也是一個，不過我已經弄不大清楚了）。這些劇本，顯然有一個公同的趨勢：改良社會和喚醒民眾。但這並沒有受了 Ibsen 或 Bernard Shaw❶ 的影響，與他們毫無關係。社會問題劇介紹到中國來，已經是頗後的事情。這種情形，是與當時革命潮流平行的。所以所描寫的題材，大半是攻擊政府、攻擊法律和道德，以及對外交失敗的自覺，如《安重根》等劇與其說是對於亡國的同情，無甯說是引為前車之鑒以警醒民眾罷，而這意義——所有其他的都是——

---

❶ 即"易性"和"蕭伯納"。——編者註

完全是教訓的。《社會鐘》寫一個被環境所逼而作强盜的人，終於受了法律不公平的處罰。《亡國恨》寫安南亡國慘事，《安重根》則寫安重根刺殺伊藤事。

後來陳大悲便是直接承受文明戲的人，而他自己也是文明戲運動中一個重要份子。他的努力把戲劇的地位站定了，脫離文明戲，而成為純正的藝術形式，但他同時承受了文明戲的一切弱點，而尤其是在舞台方面。在舞台上，陳大悲以及一切愛美的戲劇運動中的人，以及後來的人藝戲劇專門學校，現在的上海戲劇協社，最近的國立藝術專門學校戲劇系，都始終沒有超出文明戲的水平線。我們的舞台還完全空着，什麼成績都沒有，只留下一片荒蕪的原野，待我們後來的人起來努力呢。

不過這並不是陳大悲的失敗，他的能力所能做到的，已經做過了。他與他同時的人把戲劇從文明戲裏拉出來，拉出來以後的工作，他們便沒有能力再作。實際上，雖然只存在了一個很短的時期，但我們究竟曾經有了一個人藝戲劇專門學校，而且以後也漸漸地有了到外國專門研究戲劇的人（雖然也同樣毫無成績）。戲劇已經光明正大地成為一種藝術，雖然常常被人利用、被人誤解罷，但究竟已經有了公認的地位了。這不能不說陳大悲和他同時的人有一些功績。但是，同時他們也要對於後來戲劇不進步負一部分責任，尤其是舞台上的，因為他們始終沒有澈底了解他們所努力的東西。

後來《新青年》時代才正式介紹過西洋劇本。以前雖然也有過馬君武、梁啟超譯的劇本，而那些劇本大概不為人知，沒有被注意，而且也都是文言譯的，與舞台或創作不發生關係。《新青年》裏最初介紹 Ibsen 的劇本，直接應這個而起的有胡適之、熊佛西、侯曜等。他們大體上都可以說是社會問題劇作家，但是只知道社會問題，卻忘記了劇。他們又大都是淺薄的觀察者，藝術極薄弱，只成就了一些未成熟的仿製品。熊佛西到美國以後，所作的幾個劇本表面上和從前的已不一樣，但淺薄依然，或許還有一些退步。胡適之已從戲劇裏面退出來了，這是他的聰明處。陳大悲之流的作家的態度，大體上與他們也差不多，但作劇的方法却多少不相同。

　　郭沫若、田漢、郁達夫等，可以代表另一方面——教訓與感傷。其實，教訓者自以為比別人高，所以有教訓的權利；感傷者也自以為比別人高，感到人家待遇他底不公平，於是便感傷起來了。郭沫若把他的劇集題作《三個叛逆的女性》，則他自己也是以社會問題劇作家自命的。田漢的劇集裏面，也有純粹要拿出社會問題來討論的劇本。郁達夫雖然只作了一個劇本，但他很可以算作一個感傷者的代表。新近的作家白薇女士也是一樣的。

　　丁西林是許多劇作家裏面一個比較漂亮者，但他始終葬送在他的漂亮，和他卑劣的趣味裏。他的劇本在現在的舞台上頗為時髦者，因為他專門引起一些卑下的趣味的原故。

　　近來的余上沅、趙太侔則與其餘的人稍微不同一點，而他們以新派自居的。他們的努力不在劇本一方面。雖然余上沅試作過兩個劇本，但毫未成功。他們想在言論上建立起一種新的藝術來，他們要求一個新的方向，而他們却站在一種錯誤的根據上。附在《晨報》的《劇刊》，雖然只十五期就停止了，已經很可以看出他們的主張同精神來。劇本底創作上，則他們並沒有可注意的價值。余上沅作了《白鴿》和《兵變》兩獨幕劇，趙太侔則還未發表過劇本。他們底重要，不在於劇本，却在於他們的言論。他們的特色是，一方面攻擊話劇，尤其是社會問題劇，一方面尊崇舊劇，在文學上是反對自然主義者。關於他們的意見，我將在另一章裏詳細討論，不過在這裏也可以大概說一兩句。我是絕對攻擊舊劇的，我以為舊劇不獨不是藝術，並且是一種民族卑劣精神的表現物。至於自然主義呢，我也不想說許多的話。自然主義只是文學上一個過程。經過這，觀察才能更加正確，藝術才能更加成為“人生底的”（從人生出發而歸結到人生）而減少非人的份子。等到人類有了超越這個精神的時候（當然，自然主義者的特徵，不在於描寫的方法，而在於他們悲觀的命定論的），自然有比自然主義更深的藝術出現。然而這也應該是從現實出發的東西，世界上就原無所謂精神文明這樣一個怪物，能夠超乎物質而獨立存在。說什麼西方的物質文明（假如說物質文明是的確有的，則我們將永遠留在物質文明裏）已經破產，要向東方的精神文明尋求救兵，則始終是國粹論者“中學為體，西學為用”的胡說而已。

翻開我們很短、很貧乏的戲劇史一看，則始終是黑漆漆的。一方面沒有脫出文明戲的軛，一方面又要進一步負起舊戲的枷來了。新的曙光是，到現在還沒有看見的，雖然也有很少的幾個人努力着罷。我希望，這幾個人能夠繼續努力着下去罷。“戲劇是藝術”的這個觀念究竟已經建設起來了。從這一點點萌芽，只要努力去幹，我們總可以收到相當的效果的。底下，我先分開來把幾個劇作家說一下，並且說一說我們的舞台和一般戲劇家對於戲劇的言論，然後作一個結論，在相當範圍以內，說點我自己微薄的主張。

II 從陳大悲到丁西林

1. 陳大悲底成功及其失敗

假如我們要論到藝術的價值，則我們可以隨便地把陳大悲拗開；但是我們若要論到戲劇發達底經過，看她怎麼樣在艱苦中掙扎，則這個名字是有相當的位置的。陳大悲在戲劇上的地位是和胡適之在文學上差不多的，雖然他的影響沒有後者遠大，而且不久就被人們厭棄了；他們同是早期的奮鬥者，同是在茫昧中開闢着道路，而且，同是不瞭解他們自己所宣傳、所擁護的藝術。正如胡適之沒有文學底天才一樣，陳大悲也沒有戲劇的天才；也正如胡適之一樣，他開闢了道路，而同時在他所開闢的道路上留下許多荊棘妨害後來的人。還有一宗，他們同樣粗率地開闢了一點道路之後，便不再進行，從他們自己所提倡的藝術那裏退開了。現在，胡適之在社會中還收到許多的好感，並且作了官了，陳大悲却早已被社會忘記，不獨忘記，而且被加上輕侮；但是有一個時期，他却被《晨報》記者尊為中國十二大人物之一，隨後他同蒲伯英辦起人藝戲劇專門學校，隨後他失敗了，被人家踹在泥裏。但這中間却還夾雜了許多別的原因，牽涉到個人行為的，並不是純藝術底地。其實，現在戲劇的情形，並不比他那時進步許多。像他那樣長時期與戲劇發生關係，像他那樣諳練表演和化裝的人也還不見得多。劇本方面，他的創作是缺乏藝術成分的，但一直到現在，除掉很少的幾個人之外，無論技術方面，思想方面，却不能比他超過許多，反時時有惡化底傾向。他的失敗，並不是因為有許多人已經跑到他前面去了；他的失敗，雖然因他已走到他自己的極點，不能再前進，但實在是夾着許多別的原因的。現在的戲劇界，還沒有苛刻地責備他的權利。所以，在這一節裏，我對於陳大悲，是多少有點原恕的——他處在他的時代，並且已經走過他所能夠走的道路了。在現在這"反動"時期（我的意思是指余上沅和趙太侔等）中，我希望有這麼一個人，一個在舞台和劇本兩方面奮鬥着的，但是比他更其勇敢，更其了解藝術，而最要緊的，更其忠實地為藝術作戰。

因為陳大悲同他的同伴底奮鬥，戲劇才從舊戲脫離，從文明戲脫離，才有了公認為藝術的地位；也因為他們對於藝術沒有透澈的瞭解，所以這個藝術實際上還未被人重視，需要後來的人努力。很早以前，馬君武同梁啟超已經有過西洋劇本的文言譯本，而《莎士比亞本事》之類的小冊子也出現得很早，但這些與戲劇不發生直接關係，尤其是舞台對於戲劇的全體，對於演劇還看作賤事，沒有人正式為她說過話，正式為她奮鬥過。這情形，也正如《新青年》和《新潮》時代以前，雖然有了許多外國小說譯本，但小說還被賤視一樣。正式的戲劇譯本，不用那種文言的意譯法，並且很早就有人排演過的，恐怕要算李石曾、吳稚暉譯的《夜未央》，一個宣傳無政府主義的三幕劇，波蘭廖抗夫作的。這已經是民國前的事了。這個劇本，有很精緻的在法國印行的本子。譯本是一種不很純粹的白話。這種本子現在已經不容易找見了。排演的時候要後的多。也有把劇名改作《東方未明》的；當時是怎麼樣排演的，我不大清楚。我不知道是按劇本排演還是用幕表制。我的揣想，恐怕最初曾按劇本排演過，以後就流於幕表制。春柳社對於《茶花女》一劇也有這樣的情形，並且我曾見過《夜未央》幕表制的小冊子。然而，這個劇本底翻譯，完全因為内中所含的主義，與戲劇本身還是沒有多少關係。

陳大悲的戲劇是直接承襲文明戲而來；受了介紹西洋劇本的影響，使他變更了對於戲劇的態度，但中心思想却還一樣。文明戲的起原，我已經說過，我不大清楚，也找不到什麼記載；我希望親自參加那個運動的人能夠供給我們一些知識。我想，大概是一些到過日本的革命黨人創興的；她的使命是宣傳，雖然後來却墮落了。陳大悲同他一班人的功績，第一是從幕表制改變成正式的劇本，而最初有了中國人自己創作的劇本。最早的劇本，據所知道的是，《幽蘭女士》《不如歸》《英雄與美人》等。前兩個是從日本小說改編的，如別的許多幕表制的劇本一樣。《幽蘭女士》在八年《時事新報·學燈》發表，陳大悲編。《不如歸》不知道什麼人編的，也不知道有沒有一定的本子；我所見的是人藝戲劇專門學校排演本，據說改動過的。《英雄與美人》與前兩劇一樣先經過幕表制，陳大悲作。第二是在民衆間確定了戲劇的地位，從舊劇從文明戲分離而獨立起來。這樣，使一般人了解戲劇有自己的生命，不是消遣品，也不是化裝講演，不幸他們沒有真實了解藝術，也不明白世界戲劇的情形。他們只是把文明戲改換了一個面目，雖然站立起來了，却未曾得强健的生命。他們想在舞台方面努力，却不知道怎樣努力，而最大的缺點是，他們對於舞台並不怎樣忠誠，只竭力吸收觀衆，如以前的文明戲一樣。所以，他們奮鬥的成績——從最初的劇本出現到人藝戲劇專門學校消滅——只是在社會裏確定了戲劇的地位，給後來努力的人一些便利，其餘的便什麼也沒有。這實在是一件可惜的事，我想，最初開闢戲劇的人要不是陳大悲而是另一個比他更其忠實、更其了解藝術的人，則我們一定有了很可看的成績了；但是，這樣的人到現在還沒有看見呢。

我們不要忘記，陳大悲和他的朋友們是直接從文明戲來的。懂得了這一層，則我們可以了解他們的態度、思想和方法。他們的特色是：不很澈底的社會思想，含有宣傳意味的教訓，官感底刺激，趣味底創造。他們是，不曾表現人生，傳達真正的情緒，而只是訴之於感覺、感情的。這些性質是從文明戲裏傳襲下來，在後來的作家中，也還是看得見，不過多少有些變更，而且用更加巧妙的方法把這個掩飾起來了。

陳大悲所作的劇本很多，據我所知的有：《幽蘭女士》《英雄與美人》《父親的兒子》《維持風化》《良心》《虎去狼來》（以上多幕劇）；《平民恩人》《愛國賊》（以上獨幕劇）；以及啞劇《說不出》。大概此外還有許多幕表制的劇本，從前作的。他的劇本有些未正式發表，也未收集，所以我不知道還有沒有。《英雄與美人》可以算他的代表作，也可以代表他一派的作品，雖然還可以找到一篇比這個技術上進步一點的東西，如《好兒子》或《父親的兒子》。底下我講一講這個劇本，其餘的從略。

這個劇本也是人藝劇專排演時經作者改過的，四、五兩幕與從前全不一樣了。其故事如下：民元革命時，黨人張漢光回到長沙，預備起事，遇見他的舊情人林雅琴。雅琴為他而逃掉自己的婚姻，但他去日本了，沒有顧及她的生活，她只得當暗娼，並且另有了一個情人，偵探長蕭煥雲。她用很冷淡的態度把張漢光拒絕走了。第二幕，革命已成功，張漢光當督統，到雅琴那兒，想要報復，但為她所蠱惑，重歸於好，並且她叫蕭煥雲冒充她的哥哥而得到張漢光的信任。第三幕，張已怠於政事，好友王建人規勸他、斥責他，卻被他打了一手槍，傷腿部。同時，蕭同林陰誣張為漢奸，借此謀害他。第四幕，王建人查覺了他們的陰謀，但因要使漢光覺悟，設法與他的部下同謀，假意造成兵變。第五幕，林同蕭逃了，在野中，蕭要奪她的財物，打死了她的假母。她又設法打死了蕭煥雲，而同時王建人趕來用手槍打了她，張漢光也跑來了，因為他以為部下眞的叛亂。林臨死時說出她的懺悔，張也懺悔而自殺了。

這個劇本裏面，技術是不很成功的，對話和動作都有不自然和累墜的毛病，但作者卻以激起官感的刺激征服他的觀眾。在現在的觀眾中，這樣的劇本是可以得到一些成功的。他不斷地用妓院的情形、愚傻的人、變兵、手槍、情話、變婉、陰謀、奇特的設計、自殺和殺人、懺悔（而尤其常見的是手槍同懺悔、自殺）這一些激起感覺底情趣的東西來刺激觀眾，把觀眾放在驚奇、疑猜、恐嚇和快意中，而他所寫的三個主人是代表三方面的：王建人，一個覺悟的好人，用以教訓觀眾的，而另外用一個同他對比的壞人蕭煥雲；張漢光，一個英雄，但是一個可憐的英雄，用以警戒觀眾的；林雅琴，一個美人，墮落的女子，用以恐嚇觀眾的。他寫林雅琴的墮落是不應該由自己負責，把這個責任放在別人和社會上，這顯然是承襲着當時流行的社會思想；但作者雖有這樣的意思，卻完全未表現出來，因他本未真實地了解這思想，所以只由林雅琴口頭報告一下。教訓、警戒、恐嚇這三個份子隨處都在這一派的劇本裏可以發現。淺薄的社會主義思想，加上官感底趣味，這就是他們的劇本的主要成分。因為這個，他的劇本曾經風行一時，到現在還有許多人歡迎；也因為這個，他的劇本不能成為好的藝術品，不等到後來有超過他的作家時已很快地消滅了。

　　人藝戲劇專門學校底消滅是一件很可惜的事。雖然他們在他們的領導者之下已經走到淺薄的路上去了，但要是能夠長久存在，一定能夠從蒲伯英和陳大悲而漸漸走到較好的路上去的。失敗的原因，一方面由於學生們已不滿意於他們所走的淺薄的途徑，却又不能創造出新的途徑，其結果只有破裂；一方面因為舊社會的攻擊，他們覺得這樣的一個東西很刺目，與他們都不一樣，非得想法子毀滅不可。這勢力侵到了學校裏面，他們沒有好好防禦，便被這勢力打倒了。但主要的致命傷，却因為這種從文明新劇承襲下來的東西，本身上不能站住在這不息地流轉進展的時代。我們已經需要更好的東西；雖然我們還沒有創造出來，但我們已經知道有這樣的需要，知道不滿意目前了。因為這樣，那以從文明戲直接承襲下來的戲劇為根據的人藝戲劇專門學校終於因為內部底不進和外部底攻擊而紛碎了。

　　與陳大悲的態度和思想最相近的是蒲伯英——人藝戲劇專門學校的校長。他的兩個劇本《道義之交》和《闊人的孝道》是用一種粗劣的諷刺攻擊社會尤其是官僚階級。作者自己是一個官僚中人，對於官僚的情形、無能和卑劣，非常清楚，這是他與別的作家不同的地方。同樣，陳大悲也因為在社會中飄游得很久，洞悉中產階級和紳士的癥結，這在他的劇本如《良心》或《維持風化》很可以看得出來的。可惜他們兩個都沒有很了解藝術，沒有強的表現力，不能利用他們的優點，創造出好的藝術品來。

　　汪仲賢作過一個獨幕劇《好兒子》，劇中描寫一個因家庭負担迫得使用假鈔票因而被補的悲劇。這本劇本在技術上比較圓滿一點，描寫也較為深刻，這裏面已經少去許多無聊的趣味了，但淺薄的教訓還存在着。

此外還有一個歐陽予倩。歐陽予倩我不知道是什麼人，聽說他既想在戲劇上努力——他的獨幕劇《潑婦》收集在上海戲劇協社的《戲本彙刊》第一集裏——同時又演文明戲同舊劇。這使我非常驚訝，幾幾乎以為是不可能。不過也只是我的神經過敏罷，像學者而提倡舊劇之類豈不是很時髦的嗎？不過他更急進一點罷了。他的劇本還有《囘家》，作風同陳大悲差不多，而趣味的份子更其多。

以激起官感的趣味為劇本的出發點這一件事（正如我在下一章裏要講到的郭沫若以宣傳他的主義為劇本的出發點一樣），是陳大悲一派人（除上面所引的幾個人以外，還有愛美的劇團如陳晴皋等人，人藝戲劇專門學校的學生如萬籟天、李朴園等人也作過些劇本，但都不值得在這裏討論）的致命傷，是使他們在精神和思想方面始終不能超出文明劇的原因。在劇本上他們是這樣失敗的，在舞台上他們失敗得更凶了。關於舞台，我後面還要說話的。為激起官感的趣味，他們不能不用粗劣的、富有刺激性的情節和穿插，不惜破壞人性、破壞情緒、破壞劇本的結構，而實際上做了與他們所標榜的"人生的藝術"相背馳的事。為激起官感的趣味，他們把藝術忘掉了，而藝術也離開了他們。在這一點上，丁西林和他們是一樣的，不過用了另一種方式、另一些手段罷了。

2. 胡適之之類

從大體上說來，我這一節裏所說到的幾個作家——胡適之、熊佛西、侯曜等——和陳大悲很相像，但他們的背景是不相同的。上一節裏，我已經說過陳大悲是直接承襲文明戲而來；這幾個作家則繼承着《新青年》的精神，但不幸他們都只襲了一些皮毛，忘記了真的精神，而宣傳了一些口號。在《新青年》上，翻譯了幾個 Ibsen 的劇本，《娜拉》《羣鬼》《國民公敵》，以後幾個未譯完的，《建築匠》《社會棟樑》《小愛友夫》等。這些劇本，馬上就發生了很多的影響，可惜不是很好的影響；因為，人家把 Ibsen 的精神忘記了，所承襲的只是一些 Ibsen 主義，或 Ibsen 口號，並且勉強把這些主義或口號裝到他們所作的未成熟的劇本裏面去。這樣的劇本，從胡適之起，有許多的仿傚者。差不多一切初作劇本的，或不如說是偶然作劇的都是這樣，在許多流行的文藝刊物上可以看見的。在這一節裏面，我只能提到胡適之等三個人。其實，胡適之可以不在這一篇文章裏說，從純戲劇上的論點看，他是不值得多費筆墨的；但是現在還有許多人似乎覺得他的劇本是了不起似的，我若稍微說一兩句，則讀者會要疑心我故意遺漏了。

《終身大事》——胡適之所作的惟一獨幕劇——若是人們一定要推崇他的話，很可以叫婚姻解放的宣言，因為田女士居然大膽地留下一個條子，宣告世人，不讓父母主持他的婚事，跟她的愛人陳先生走了。作者正言告訴我們說："若是父母頑固，聽什麼瞎子的話。或者講道學，你便以一跑了之，田女士已經作你們的榜樣了。"——但是無論怎樣，我們却不能叫那是劇本。翻開那個劇本一看，立刻便知道作者枯窘的了不得，毫不能找出一些合適的動作，和要說的話；他完全不知道一個劇本應該怎麼寫，一個劇本的情節應該怎麼進展的。所以無論是對話、動作、人物底描寫，都非常笨拙、累墜，而且可笑，他好像要把一切父母專制的過錯都推到算命的瞎子身上和 "同姓不婚" 那句古訓上面去似的，並且，他以為只要一句話便可以得救。所以，我們看見他在他的劇本裏捉住了瞎子同古訓當罪人（多麼可憐的罪人呵！）而造出一句話來作衆生的寶筏。實際上，終身大事不過是娜拉底一個極笨拙的彷本罷了；作者想要把田女士造成中國的娜拉，但田女士不過是一個極笨拙的沒有生命的傀儡，她逃避了這個使命。

在技術上比胡適之稍好的是熊佛西。他很像陳大悲，知道用一些方法吸引觀衆的趣味，雖然他的方法常常是失敗的。他捉住社會中日常生活的一些離奇動人的故事做題材，然後在這樣的題材裏加上青年自覺之類的話，從《新青年》裏面學來的，如對於婚姻，對於戀愛，或者是對於遺產。像手槍、電話、毆打、殺人，在陳大悲的劇本裏常見的東西，也極其頻恆地出現在他的劇本裏。所創造的人物，也跟同時的其他作家一樣，是沒有個性，沒有靈魂，只是借用作發出某種聲音的留聲機；而這些聲音還不能說是作者的話，因為是那樣淺薄而平庸。作者所慣用的方法似乎是"揭破祕密"；因為揭破人家的祕密而覺悟而得救，如《新聞記者》《新人的生活》和《這是誰的錯》，或者是自家的祕密被人家揭破了而不得不走最後的路，如《青春的悲哀》。這種揭破祕密的方法大抵是笨拙的、不自然的，譬如遺漏了一封要緊的信，或者讓別人在窗外聽見了私語。我們很容易看出作者毫無計畫、毫無方法，只是平空把他所創造的人物放在某種困難中，又平空用作者的力量給他們以解救，以逼出作者所要求的結果，發出他所要闡明的思想。《青春的悲哀》算是他前期中較好的作品了，寫一個兒子同父親的姨太太戀愛而被發覺的故事。在這個劇本裏面，他顯然要用賈正緯對比賈正經，用鴉頭、聽差的戀愛襯出少爺、姨太太的戀愛，而在末了說出他認為最有意思的"鳥已關在籠裏，非用奮鬥的精神打破這個籠不可"這樣的話。

但是，作者在他動筆寫之間，却完全忘記了少爺同姨太太戀愛，他所描寫的主題這件事了。要不是從聽差口裏報告出來，我們幾幾乎完全不知道有這麼一回事，並且我們也完全看不出他們是戀愛，是正當的戀愛來（這是作者所要顯示給我們看的東西）。於是，作者便在他所要描寫的主要點上完全失敗了，所剩下的只有一些空洞的言語和文字底遊戲。聽差、鴉頭調情和老爺底發威，這大概是作者所惟一寫像了的東西。

作者到美國去以後，又作了三個劇本。著作的態度似乎變更了一點，但我却實在說不出這種變更是進步或者不是。像《洋狀元》那樣一篇趨於卑劣的趣味的作品，實在比以前淺薄地說些青年自覺之類的話還要壞的多。這個劇本發表在《晨報副刊》七週紀念刊上，已經是卑劣趣味的作品比從前稍少一點的時代了，而忽然發現這麼一篇，而且比作者以前的作品還要無聊得多，這就是余上沅所要求的“一個新的方向”的結果嗎？

大概，作者似乎已經知一點從前在劇本裏，硬裝進一些淺薄的宣傳思想的言詞底錯誤，他想要改正，但立刻又走到一條比從先還要壞的錯誤的途徑。他把從前比較忠實的（雖然是淺薄的）態度丟了，而跑到創造官感底趣味的路上，而技術的拙劣，則還是跟從前一樣的。一個人的本來面目很不容易改掉的，所以我們在他的新著作如《一片愛國心》裏，還時時可以看出他那宣傳思想者的固有的痕迹來。

他的一篇近作《長城之神》是經梁實秋稱為“技術上毫無缺憾”的作品。這樣的話，要不是梁實秋阿其所好，捧他自己的朋友，則我們徑直可以斷定他完全不懂得戲劇，並且也完全不懂得藝術。實在，他在《長城之神》的序言裏面就有許多可笑的話，譬如開頭就說："我們中國現在所謂的新文學，實在卽是受近代浪漫思想的結果。"（梁實秋是自認為古典主義者，所以要把他所認為壞的東西算作浪漫派呢）不過我在這裏卻不能詳細討論。他在這篇序裏，對于國劇也有所主張，我在後面有一章專論到關於國劇運動的將要提到。

孟姜女的故事在民間是很流行的，但故事的本身卻不很確定。主要的情節只是他的丈夫因長城而死（築城或祭長城之神），她哭她的丈夫至於把城都哭崩了。故事的主要點只這一段，其餘的則有種種變形，並不確定。拿這樣的故事作劇本題材是很危險的。你在故事的種種變形之間常常不難於決擇。你要是只描寫某一時間的特殊情緒尚不至於十分困難，不然，你得創造新的情節同人物，而這樣你不獨容易失敗並且是沒有理由。因為，要不是為某一故事的人物和情節所感動（當然，也為其情緒所感動）時，你很可以用那創造新的人物和情節的力量去作另一劇本，你一定可以得到更好成功的。若單被某故事的情緒所感動，則我以為不如用別的文學形式（譬如，一首詩）去捉住那情緒，因此你可以免去另外創造一些人物和情節的困難同危險——你創造出新的人物同情節，你常常會把舊有的情調破壞了。用祝英台、梁山伯的故事寫《一陣狂風》的作者也同樣失敗了。那個故事雖然確定一點，但那個故事的重心是同樣建築在熱烈的情緒上面，而故事的情節並不重要。

《長城之神》的故事是這樣：萬喜良因為逃避秦始皇底捕捉躲到孟姜女的花園裏。孟姜女正在那兒玩耍，因為俯拾落在池子裏的扇子而被萬喜良看見了她底手臂。她幼年曾有一誓，誰看見她的手臂就嫁給誰，所以她向父母要求嫁給萬喜良——這一段是與任何原有的故事底變形不同的——母父終於答應了，但萬喜良隨卽被軍差捉去。第二幕，孟姜女思想萬喜良，夢見他回來——他在這裏直接用萬喜良的鬼登場，與侯曜在《可憐閨裏月》所用的一樣笨——要去長城尋找，父母拗她不過，只好叫老家人高壽陪她同去。第三幕，他們在路上，高壽病了，躲到一個荒山的破菴裏，遇見逃役的兩兄弟。兩兄弟對孟姜女都不懷好意，而彼此嫉妒，構成可笑的景像。末了忽然來一虎，追着孟姜女跑下去了。第四幕，孟姜女已到長城，知道萬喜良已被始皇殺祭長城之神。她打毀了神之廟，但聽別人說了一句神可以折磨她的丈夫的話，又起來向神祈求。

我們很可以看出作者用這個故事作四幕劇的題材是完全錯誤的。這個故事之所以能夠動人，全在於情緒底強烈。孟姜女用極端熱誠、極端哀怨的情緒去哭她丈夫，甚至於城都感動而崩塌。這個故事的中心在於孟姜女底哭，在於她的情感，另外一個別的原因是長城和秦始皇在民間留下的印像，與她的丈夫底事實無甚關係（假如她的丈夫是戰死，或病死，這個故事還是同樣動人的），與她的家庭更無關係了。所以這個故事有許多變形，只在主要點上完全一樣。我們另外還有一個紀梁妻慟哭城崩的故事，在古文學裏同樣動人，這因這個故事在文章裏已經成形，而所附麗的人物和歷史又不很著名，所以沒有流傳到民間去。我們知道凡已成形的故事不會流傳成民間故事的。這樣，我們如要寫孟姜女故事（無論是一首詩或一篇劇本）時，也應該徑直地去表現她那深刻的、猛烈的、哀怨的情緒，別的東西都只是一些附麗的贅餘，除掉幫助主要的情緒之進展以外是毫無用處的。作者創造出孟姜女的丈夫、父母、家人、鴉頭同許多別的人物，又創造出一串長的故事，已經非常笨拙了；而他所創造的東西又異常可笑、異常累墜，連一點些微的聰明都沒有。要寫孟姜女哭長城的故事實在用不着前面三幕，第一、第二兩幕的故事（第三幕完全是無意識的打諢）都可以很經濟地歸併到末了一幕裏去，末了哭城的一幕，本應是全劇的中心，因為是故事的中心，但作者却完全不知道怎麼樣寫——他完全不知道怎麼樣穿插，不知道怎麼表現出劇中主人的情緒來。劇中情節，幾幾乎沒有一處不可笑的。孟姜女的故事本有兩大變形：她丈夫范希孟（結婚後）捉去築城而死；同萬喜良應童謠被捉，逃到孟姜女的花園裏，見她捕蝶落水，因救她便定婚姻，但立刻被捉走了。這一節落池的故事本來可用，作者却進退失據地弄出一段可笑的誓言——說要嫁給一個最先看見她手臂的人底誓言——路途上的艱苦，也是無論如何描寫都可以的，作者却要讓一個流氓抱着孟姜女在虎面前奔跑；這夠多麼累墜，多麼無聊。在虎面前奔跑而終於得救了，這一定有什麼特別原因的。但第四幕開場忽然流氓不見了，虎也不見了，孟姜女却抱一個骷髏而出現。一篇劇本裏面裝進了這麼多的無理取鬧的東西，真是一件奇事；而全劇的人物，連孟姜女在內，沒有一個有明確的個性，不，連朦昧的個性都沒有。但這也是當然的結果——不懂得藝術的人是不會創造出有生命的人底個性來的，只單純的一個也不能夠。

作者所以要弄出這麼冗長的一篇東西的原故，則還是基於傳統的舊習慣和不懂得藝術。他要用複雜、離奇、巧妙的故事動人，却不知道只有忠實、真摯的故事才能動人。他寫誓言、不意的婚事、逃避、夜哭、荒山、虎、骷髏，都只是想拿這些東西、驚骸、迷惑或者欺騙他的讀者罷了；他却不知道他寫的愈多，他所收到的效力愈小呢。冗長的描寫是作者技術（我不說藝術，因為我在他的作品裏還未發見藝術呢）的致命傷。他所寫的幾個多幕劇，都可以很容易地減去一幕或幾幕，或為角數較少的東西。他所寫的東西，還是材料由人家供給的《青春的悲哀》稍微好一點罷。

跟熊佛西一樣，侯曜也是很早就有了劇本集子了的。到現在，他已經有《復活的玫瑰》《山河淚》《棄婦》三個集子。《棄婦》我還未見過,我所見的只是《復活的玫瑰》四個劇本。作者的技術是非常薄弱的。他作劇的態度同方法,都跟幕表制時代一樣;他的劇本,只是一張加進了一些對話的幕表而已。他沒有陳大悲那樣聰明,所以沒有那樣離奇巧妙的結構;他也沒有熊佛西那樣自信,所以也沒有許多宣傳思想的話頭。但是在集子裏面,他究竟同前面兩位作家一樣的,也是慣於把死傷、爭鬥之類的事件直接刺激他的觀眾。因為缺乏技巧和聰明,他的劇本是既不使人感到興趣,也不能令人動情,一切所有的只是一些枯燥的事件底集合體而已。

《可憐閨裏月》同《山河淚》兩劇,一個是號稱"非戰文學"的東西,一個則描朝鮮獨立運動之失敗。但所謂"非戰文學"者,也不過寫戰死者家裏的企望,而他寫得那樣笨拙,只能夠用瞎子算命同夢見回家來表現一切所感受到的痛苦;而在末了,無原無故地裝上許多懺悔的話,算作非戰宣言。《山河淚》一篇,差不多趕不上從先不知誰何作的幕表制的劇本《安重根》,同是寫朝鮮故事的。在結構巧妙和描寫親切兩方面,《安重根》是比這個劇本更近的。結構底煩複、累墜,他可以趕得上熊佛西,也會加上許多不必要的事,和不必要的幕。他所寫的劇本底分幕和分景,以及裝上去的人物,都非常可笑,我們很容易用較少的幕數同人物表現出比他更多的東西來的。

侯曜之外,在《小說月報》上有王成組的《飛》、顧一樵的《孤鴻》,也都是這一類的作家。顧一樵以後作了幾個"歷史劇",則我將在下一章第二節裏講到。他們的態度和思想都很相近,技術的笨拙也差不多。此外還有許多別的作家,大都是偶然試寫一二篇劇本的;或許因為感到作劇底困難,或許因為一些別的原故,他們一次不成功，便大概不再作下去了，所以我也不多提到他們。

3. 趣味底創造者

假如你看了陳大悲的劇本而覺得驚奇，覺得痛快，那麼，你看了丁西林的劇本會覺得舒服的。這種舒服，正如你吃過一頓很好的飯食以後抹抹嘴唇，或者聽了人家的恭維話而無意識地點點頭似的。丁西林的劇本是能夠使你高興，供你茶餘酒後底消遣的。在這一點上，技術底純熟和手段底狡猾，是沒有旁的劇作家可以趕得上他的。四個獨幕劇，有着很一致的色采，就是，用漂亮的字句同漂亮的情節引起淺薄的趣味，在現在的民眾間，是很受歡迎的東西。

陳大悲的劇本，是利用人們好奇、驚恐、喜歡熱鬧，同賞玩殘酷底心理，所以他採取社會上一些奇情和慘事作題材；但是他不能忘掉教訓，所以末了則結之以懺悔同自殺。在另一方面，丁西林則利用諷語、玩笑、炫耀聰明，和一些與整飭自己的儀容相似的那樣的心情；他的題材，便採取了日常含有趣味的瑣事，而且，利用男女間尚未澈底了解之前相互間隱存的神祕，同互相間隱存的輕視。他便拿擁抱、依偎、接吻，同一些男女間不意的奇特的關係，以引起卑劣的趣味同卑劣的賞鑒，矇昧地暗示一些迷惑的、慟惜的東西。看過他的劇本，你一定會覺得有趣。因為，你會想到一個女人不意中（却又是她所想望着的）被男人擁抱過後的光景；會想到一個男伶人忽然扮作女子嫁給你、愛撫你、憐惜你；會想到你自己的妻子或許有時候發生要跟旁的一個男人接吻的慾望，而這慾望是如此幼稚，如此憨樸，不會引起你的妒嫉的；會想到你不意中遇到一個女人，因為一點小的相互間有利益的事，便一時權認你作丈夫。這樣，你便滿意、高興、舒服了，你抑壓的、卑劣的慾望，暫時以一種自我的錯認而得到滿足了。但是，除掉這滿足卑劣的慾望的舒服而外，在他的劇本裏面，我們還能夠找到什麼呢？像人生、忠實的情緒現實底再現，在他的劇本裏面是，無論如何，也看不見一點痕跡的。

男女間底解放，彼此接近，忠實地承認，了解相互的人格，這還是很晚近的事，這種運動，也正在通行着，還未曾得到圓滿的結果。兩性間的神祕，互相看為不可思議，尊崇而驚怖，同時又互相鄙視，想要欺騙以後佔有對手方——這樣的心理，還流行着在一般人中。戀愛還根本上不曾被中國人所了解。在中國人心目中，戀愛是風流、恩愛，或者撫愛一類的東西。因為不曾互相了解，便發生特殊的好奇和特殊的欲望，而一方面把這個視為消遣和賞玩的東西，夢想着，嚮往着，而同時又鄙視着，侮弄着在。這樣的情形，被我們聰明的作家丁西林看見了；他了解這個，便以速速的、狡猾的、熟諳的手段抓住了這一點，而構成他一切的劇本。他一切的劇本，都是以這一點為根據而出發的。供給人們賞玩，滿足人們虛偽的和卑劣的欲望。這便是作者寫劇本的主要的目的罷。

他的劇本內容是完全空虛的。除掉接吻擁抱和男女間一些親密的關係之外，只充滿了一些漂亮的對話。這裏所謂漂亮的話的意思，是指尖利刻薄，或者炫耀聰明，或者避去任何含義，只空洞地說一些毫無邊際的東西，再不然，就是巧妙地談一些男女間的關係。實際上，這些話都可以完全不說的，因為既不能表現某人的個性，又不能顯示真實的情緒，而且與劇中的情節或情調毫無關係——什麼意義都沒有。洪深改譯的《少奶奶的扇子》——他曾以這一篇改譯劇本取得很大的聲望——也是這樣，把 Wilde❶原有的、有含義的語句都改為空洞的、只令人發笑的文字底游戲了。

丁西林所作的四個獨幕劇，《一隻馬蜂》《酒後》《親愛的丈夫》，收集在一個集子裏；《壓迫》，在《現代評論》上發表過。底下我先把四個劇本的內容大概說一點。

《一隻馬蜂》寫吉先生的母親要他結婚，他不願意，因為他已經愛了看護婦余小姐。他母親却不知道，要給余小姐說媒嫁給他的表姪，一個醫生。他母親問余小姐時，她含糊答應，說要問問家中父母，但她明知道她父母不願意她嫁給一個醫生的。老太太走後，吉先生進來，又向余小姐表示出他的愛戀，說他不結婚，要余小姐也不結婚。她答應了。吉先生要一個證據，要擁抱她一次。她喊叫，老太太走來了，他們却淡淡地說一隻馬蜂螫了她一下子。

《親愛的丈夫》寫了一個演旦角的男伶黃鳳卿因為感激文人任先生在文人才子的集會時主張舊劇不用男女合演，便以某種方法假扮女子嫁給他。嫁後兩月，任先生只忙着寫文章，親切地領受她的愛撫，却沒有同居，所以也沒有發覺她是男子或女子。但是因為某大官的堂會逼着黃鳳卿出演，他不能不辭任先生走了。臨走的時候，黃鳳卿說："你無論再娶多少次，總不能有我這樣一個愛你的。"任先生說："我再也不結婚。你走以後，我親自打掃（她的屋子）。"黃鳳卿說："親愛的丈夫！"任先生便要求在她懷裏睡一會——他除掉母親以外沒在別的女子懷裏睡過——並且馬上就睡着了。

《酒後》寫晚飯以後，妻同丈夫同一個醉了躺在睡椅上睡着了的客人同在廳子裏。妻子忽然發生要吻那個客人的慾望，因為欽佩他，

---

❶ 即王尔德。——編者註

並且她同她丈夫已經絕對相信任了的，所以可當他的面吻另外一個男人。起先丈夫不願意，但當丈夫允了要她去吻的時候，她又不敢，鬧的把客人驚醒了。丈夫要把這件事告訴客人，妻子不許，掩着他的嘴，兩人打鬧着，客人却什麼也不知道。這篇劇是由叔華的一篇小說改編的。

《壓迫》寫一個男客要在北京租房子。北京的房子，普通是不租給無家眷的人的。男客所租的房子，東家的女兒答應了。但當他搬來的時候，太太却不答應，兩人爭執着，太太便叫警察去了。恰好在這個時候，另外來了一個租房子的女客。她也是因為沒有家眷而租不到房子。談話中他們知道都同是在某公司作事的，便權且認為夫婦。太太叫了巡警來，他們已有家眷了，沒有法子，只得讓他們住下。太太去後，他們才記起來彼此還忘記了問姓名。

我們可以看出作劇的方法來。他先捉住一件有趣味的事實，而這種趣味則根據於男女相互間的不了解和好奇，或者只是一些有趣味的談話。以後，他便假定劇中的主人；這些主人只是構成那件有趣的事的份子，主人的本身是沒有價值和意義的。假定了主人以後，他便給他們每人嘴裏裝進一些漂亮的話進去。只有這些漂亮的話同那件有趣味的事，譬如，男女正常擁抱的時候被人闖來了，趕緊說是馬蜂刺了一下，才是他劇本的眞正重心。

能夠以狡猾、巧妙的方法欺騙讀者的這樣的聰明，是只有白薇女士才能夠比得上《一隻馬蜂》的作者。他們所用的方法，稍微有點差別，但同樣是虛偽的、非藝術的。白薇女士用許多複雜的、煩難的、綜錯的穿插同情節來迷亂讀者的眼光，使他們捉不到眞正的意思（其實本來就沒有眞正的意思），於是相信作者眞地給了他們一些東西。丁西林用一些含混的、雙關的言語，一些言語底重環迴複，以及男女間親切或奇特的關係使讀者動情，因而感到舒服。因為手段靈敏，能夠把許多極無意義的事連貫起來，又因為能夠在舞台上給觀眾看許多男女間的游戲，使他們企急或遐想，所以他是很成功的，能夠達到他固有的目的，供人家賞玩或給人以舒服。

但是，這樣巧妙地結構出來的東西會給我以們什麼呢**❶**？說過一些無意義的對話同輕浮的意見（如一個人應該穿着得好看以報答社會）之後，兩個人便擁抱起來了；或者結婚兩月之後的妻子忽然表明出他是男伶假扮的，而臨走之前男的要求在他懷裏睡五分鐘；這些東西，就是作者所要傳達的情緒、所要表現的藝術嗎？或者，作者會要對我們說“我要在這些劇本裏面顯示出戀愛可以從結婚、從性慾獨立起來而成為很完美的戀愛的”嗎？

這樣的劇本，是只能供給遊蕩階級無聊時消遣，所有要好好地生活而把全精力放在人生底戰爭中的人是不要看的。這樣的劇本所以流行，則因為遊蕩階級還是太多的原故。至於這樣的劇本的仿傚者已經有幾個人了，但都沒有他那樣巧妙的手腕。《聖的喜劇》的作者蘋影，技術上已經比他粗魯、刻露得多，充滿着諷刺的份子，但態度並不忠實。懋林的《母親》和《盲人》已有與西林的劇本很相近的氣分，要努力作下去，一定可以趕得上他的。懋林近來又變了一個方向，專門做摹狂言，却更加魯莽、更加惡劣了。白薇女士在某一意義上也很像丁西林，尤其是她的近作《訪雯》，但因她的作品裏有着很豐富的感傷份子，我已經把她分在另一章裏面去了。

---

❶ 此處原書有誤，當為“給我們以什麼呢”。——編者註

　　從陳大悲到丁西林，他們都有一相同的性質，因為這性質，我把他們放在同一章裏，這就是趣味底創造。無論是擺出社會哲學家似的臉孔來教訓或者諷刺，無論是虛偽地做出青年自覺者的樣子，都無處不是專門在創造趣味。趣味是他們的藝術（若是這也可以叫作藝術的話）的出發點，也就是他們藝術的終結。在他們所作的劇本裏面，隨處都可以發現無目的、無意義的玩笑來；但是丁西林比他們誰都巧妙，所以更加受人歡迎了。趣味，與下一章裏所要論到的教訓和感傷（陳大悲和他的同派還不是純粹的教訓者，郭沫若才是。我下一章就要講到的），三件東西是我們戲劇的中心，而都是從腐敗的、傳統的舊文學裏承襲下來的。《紅樓夢》的幽魂，還沉重地壓在我們的戲劇家身上呢。

Ⅲ 教訓與感傷

1.《咖啡店之一夜》

前一章裏，我已經講到從陳大悲到丁西林的一班作家——趣味底創造者，以及他們那對於藝術、對於戲劇的不忠實的態度。在他們的眼裏看來，雖然有着各色各樣的標語和主義罷，總自覺地或不自覺地把戲劇當作一種消遣的、供人玩賞的東西。這一章裏，我主要的是論到創造社的作者，田漢、郭沫若、郁達夫等，但也在必要的時候加上幾個別的作家。在這一章末了，另外有一節論到我在前面沒有時間論到的作家們，包含許多曾經努力或正在努力着的，無論他已否收到了他們的收穫。

創造社大概可以分成兩個時期，以《洪水》出版為界的。從《洪水》出版和創造社出版部成立以後——當然，這只是時間上分別底便利——他們好像有着衰老的現象。近來如《創造月刊》和《落葉叢書》之類，技術進步了，而真實的情緒則已缺乏，尤其是那清新和勇敢的態度。這現象我不能詳細討論，我論的只是戲劇。近來我還未看見他們有什麼戲劇創作，所有的還是第一期的作品。

論到創造社的成績，我以為，與其說是在創造一方面，還不如說是破壞一方面罷。他們不朽的工作，恐怕還是在於推翻了一些淺薄的、舊的文字的鬼魂，告發了一些欺騙的翻譯，打倒了一些無聊的詩人罷。他們的工作只限於此，而他們却希望要走到他們所不能走到的地方，並且，把他們自己還未弄好的東西當作寶物發賣了。所以，他們一方面推倒了偶像，却一方面自己造成偶像，而需要推倒。這情形，在他們最近所出版的幾種東西是很顯明了。這也許是時代的關係罷。

在戲劇一方面，創造社的收穫是比小說少得多的，而在這極少的收穫裏面，不幸他們落到一種錯誤的途徑裏面，就是：郭沫若的教訓與郁達夫的感傷。教訓與感傷把他們一切的戲劇都毀滅了；只有一點很微弱的生命從這裏面露出一些矇昧的影子，在教訓和感傷的重軛之下呻吟着。在戲劇一方面，創造社也同其他的人們一樣完全失敗了，沒有建設下些微的基礎。

看過創造社的幾篇劇本以後，顯然看得出他們有着比我前面所說的幾個作家不同的氣分。原因是，在於他們對於藝術的態度。雖然沒有完全了解這，但已經知道對於藝術底尊重了。創造社的作者們是，已經從文明新劇的淺薄的趣味裏脫出來了。所以，雖然幼稚一點罷，我們還沒有發見像丁西林似的那樣卑劣的份子，或者陳大悲和熊佛西似的創造一些卑下的趣味。大體上說來，創造社的作家們，是受了很重的日本文學的影響的，尤其是戲劇一方面。田漢和郭沫若的戲劇作品，在什麼地方，總顯着人道主義者和社會主義者似的那樣的面孔。細細地看來，他們的劇本，我雖然勉强加上去"社會問題劇"等字樣，但却與西洋所謂問題劇不同，沒有精深博大，也未曾精確地考究，只人道底地說着一些話。這氣分，是與武者小路實篤和菊池寬等人很相像的罷。而他們却更走到錯誤的途徑上去了。如郭沫若，他竟以教訓為戲劇第一義，這樣的話，他在《三個叛逆的女性》後序裏反覆申說着。我們若是再看看幾個別的作家如成仿吾或張聞天，則顯然見得他們是承襲着《新青年》時代所呼喚着的青年自覺的精神的。在張聞天的《青春的夢》裏面，他幾幾乎要給青年們立一個百世之師表了。我們又再看一個別的作家，郁達夫，則我們將驚訝於舊的鬼魂之再現，驚訝於感傷的份子完全瀰漫在他的作品裏。他的劇本，同他別的作品一樣，尤其是近一兩年的，雖然叫着《世紀末底頹廢》，其實只是一些墮落的風流自賞，和無聊的牢騷與呻吟而已。這樣的作品，是應該加以攻擊的，因為這將與舊的鬼魂聯合起來盤據在我們污穢的國土裏。

《咖啡店之一夜》的作者田漢是一些劇作家裏面較為忠實、較為努力的，《咖啡店之一夜》也不失為很少數的劇本裏面稍微可看的一篇。他並不聰明，像白薇女士那樣能夠拿詩物代替真的情緒、拿綜錯雜亂的結構代替情節底進展。他也沒有天才，精密地觀察而正確地捉住他所觀察的那樣的天才。對於舞台的情形，他也不大諳熟，這在他所結構的佈景裏就很可以看得出的。他的作品枯燥、笨拙，有時候太零亂，有時候又太單調。他不像陳大悲或丁西林似的專創造一些感覺的或感情的趣味，也不像郭沫若似的專把戲劇放在教訓底重軛之下；雖然他同時有着郭沫若同郁達夫所有的缺點，但已經比他們輕淡一些了。在他的作品裏，戲劇是沒有強健美好的生命的，但究竟有一點生命了；雖然很衰弱而且不久就窒息死了罷，但究竟有了。

田漢是與他同時的伴侶們一樣，在作劇的時候，也忘不掉他那人道主義者和社會主義者的面目，而竭力找機會在他的劇本裏裝進一些教訓去的。他和郭沫若的分別是，郭沫若是預定了一些教訓——他的主要目的——才去作劇的，而田漢則在動手寫劇本以後才竭力設法裝一些進去。但無論是他或郭沫若，都常常為他們的教訓而犧牲了藝術。把戲劇放在人道主義之下的主張，我們很早就在宋春舫的文章裏看見了。他是一個完全不了解戲劇的人，却不料他的主張到有很多的人實行呢！

獨幕劇《咖啡店之一夜》可以說是田漢的代表作（他又用了這個劇名作為包含了五個獨幕劇的集子底書題）。在這一篇劇裏面，我們可以看見他的努力和他的墮落、他的忠實和他的失敗。人生底表現和無聊的教訓，生命底哀怨和淺薄的感傷，藝術的描寫和感情底侮弄，眞實的表現和狡猾底虛偽，都雜然並陳在這一個獨幕劇裏。而且，我們又同時看見作者技術底熟諳和累墜、描寫底經濟和笨拙呢。這誠然是一個在戲劇底技術還未成熟、戲劇底藝術還未建立好的時代的作品，但這個劇本也竭力表現出了他的時代的精神底一部份。是失敗了罷，但這失敗是光榮的，他已經努力過了，已經盡過他的力量了。

《戀愛的悲劇》，這個劇本的題材，其實却是一些淺薄的東西。對於戀愛的失望和對於人情的醒覺，白秋英的漂亮話和漂亮的行動，燒掉李乾卿給她的鈔票和他所索取的情書，藝術底地看來，並不算劇中重要的地方，而且，在相反一面，把全劇所創造的沉靜、幽默（幽默便只是幽默，並不是時髦文人用作 Humour 的音譯的）的空氣破壞了。這個劇本的極點是失敗的，因為作者要在這裏描寫一些淺薄的戀愛底悲劇，順便給我們一些教訓，而且想要用悲壯淋漓的故事打動我們的心，但我們並不是聖人的徒弟，能夠領受一切的教訓，也不是吃過一頓好的晚飯以後的紳士太太們，需要流幾滴眼淚或太息的。但是這一個劇本值得稱讚的地方，不在教訓，不在悲壯淋漓的故事，也不在戀愛的失望與醒覺。作者在一些地方，很巧妙而且很經濟地把沉溺於世紀末而企望着世紀初的精神表現出來了。這一些人，飲客甲——這是作者最好的劇造——林澤奇，白秋英——但是這一個人格他却有時候寫失敗了——他們潦倒、頹廢、感傷地自己憐惜而又暴棄，他們在灰沙的生活中感到孤寂；但是，他們雖然墮落，不免自認為弱者，却仍然不絕地在掙扎着、反抗着；他們是生活中的失敗者，他們也不自諱他們是失敗者，但是他們還要生活下去。在這裏面，我們看見了真正的人性，看見了生活，看見了黎明之前將要醒覺的精神；我們看見了藝術，而且看見了戲劇了。

不幸作者却不能保持他的藝術，時時用他自己的手把他自己所創造的毀壞了。這是，並不全因為技術之不熟諳；如我上面所說，而且以後還要申說的，他同時有了人道主義者似的教訓的面孔，又有了時下流行的感傷的趣味。他向着藝術前進，而在中路迷途了，忘記了他的真正使命，轉而去創造一些別的虛偽的東西。我想，在這個劇本裏面，把那段失戀的表演，把李乾卿、陳小姐、鄭湘荃三個不必須的角色去掉了，把一些多餘的滑稽無謂的教訓、更其無聊的呻吟似的懺悔改正了，這一定要成為一個更其完美的、有很好的藝術價值的劇本。這個劇本已經有一個很好的開始了，但是作者却不知道怎麼樣收束；他失敗了，而且一直失敗下去。

《午飯之前》是一篇裝進了許多笨拙教訓的笨拙作品。作者竭力想宣布基督教和資本家的罪惡，他讓一個牧師露出凶殘的本來面目，讓資本家把劇中的主人打死，讓素來和平的兩姊妹因為自己的姊妹被打死了而變為激烈的復仇者，而丟下病的母！——他很吃力地寫，但所得的結果不過如非基督教大同盟所印行的小冊子而已，用戲劇去宣傳什麼或教訓什麼，不會比宣講聖諭的人聰明多少的。

第四個獨幕戲《鄉愁》，因為缺乏戲劇的情節底衝突和進展，形式和精神方面，都形成一種對話式的東西。作者在中途忘記了他所要寫的，只是用伊靜言的嘴去教訓男子們，用孫梅的嘴去懺悔。這種無意識的懺悔——人們在作者所給他的環境中，並無懺悔之必要，但作者却因為自己心中有幾句漂亮話而無法說出來，所以只得逼着他所創造的人物懺悔了——同勉强插進去的教訓是我們劇作家的大敵，幾乎隨處都可以遇到，就是竭力攻擊社會問題劇的余上沅也免不掉，而隨處都把作者所苦心經營的創造破壞了。

田漢有時候却墮到淺薄的感情底趣味裏去了，這種痕跡在《咖啡店之一夜》裏已經看得見（那篇劇本完全代表了他好的與壞的兩方面），如俄國詩人的敍述和燒鈔票的動作。而完全是淺薄底趣味的產品却是《獲虎之夜》，陳大悲用他的手槍，而作者却用他的獵刀；丁西林用他的俏皮的言語，作者却用他的打虎的故事。手槍、獵刀是用以恐嚇我們的，俏皮的或奇倔的言語却要我們動情；但我們却不害怕也不會這樣容易就受了欺騙。無論是丁西林，無論是陳大悲，或者是田漢在《獲虎之夜》裏，作者所努力創造用以恐駭或使我們動情的東西，都毫無效力就消滅了。我以為，作者若是要寫家庭專制，那他寫家庭專制好了，無須乎說許多廢話；要寫黃大傻的可憐的、絕望的戀愛，他徑直地寫黃大傻的可憐的、絕望的戀愛好了，無須乎搬出去許多無聊的人物，更無須乎黃大傻把他傷了的血腿給我們看，在我們面前用獵刀自殺的。他要是寫一篇黃大傻在荒山裏凝望着魏家燈火的長詩或是一篇自叙的小說，我想一定可以有成功的希望。但是，這樣笨拙、虛偽的戲劇却永遠是笨拙的、虛偽的東西罷了。

《落花時節》比前面三個劇本要好一點，却沒有《咖啡店之一夜》那樣深刻的、眞摯的描寫。在這裏面，作者更表示出他那人道主義者的面孔，溫溫然的，心平氣和的，合乎中庸的，他很有禮貌地寫他的東西。他創造出來的人物，也都是溫溫然的，心平氣和的，合乎中庸的，但是沒有生命。技巧是進步了，藝術却消滅了；這個也許是，如作者在他的一篇文章裏所暗示過的，已經老了罷？終於我想是時代的影響罷。

張聞天的《青春的夢》以前發表在《少年中國》雜誌，後來印成了單行本。這個劇本是，比之田漢，更走到粗糙和錯誤的途徑上去了。他在那個劇本裏提出很激烈的反抗，這種反抗，是從作者所創造的傀儡裏吐出來的。他的意思想要把這個作為一切青年的寶筏，向他們宣傳反抗社會、反抗家庭的福音。在末了，他讓劇中的主人拿着手槍，逼住他的父母同他情人的母親，把他情人從家庭裏帶出來。這事件，如他用題目所暗示的意思，有兩個解釋：一、他自己的夢，他所希望能實現的；二、這只是青年的熱情之夢，不可能的；但以後說為近似。所以，我們看得出作者極端的矛盾，他一面創造，一面却宣告他所創造的破產。或者，有人會以為那是强的作品，但是多麼可憐的强的作品呵。

2. 所謂歷史劇

郭沫若的特色，不在於他作歷史劇，而在於他的敎訓。

在他，戲劇是完全無所輕重的東西，主要的是那中間所含着的敎訓。他之作劇本正如一個賢人作一篇格言或者一個哲士寫一篇寓言似的。一篇劇本，在他的眼裏看來，要不是含着什麼主義或好的教訓，是毫不值得什麼的。這意義，他實行過，實行的產品就是他的劇集《三個叛逆的女性》。《三個叛逆的女性》，郭沫若是，要把這當作一部婦女運動宣言。他恐怕人們還未能了解他的真意，所以又在那部書後面附了一篇長的後序——那是他作劇方法的宣言。

　　從大體上說來，郭沫若不失為許多作者中較有力量的一個。他的力量是由於他的勇敢和大胆。但郭沫若究竟是一個受舊文藝和舊思想的毒太深的人；在他的作品裏，我們可以看出兩種極不同的東西——雖然向前走，但仍然落在舊的陷坑裏。這情形，尤其是他的劇本看得更加明顯。他曾經努力，而他的努力却都落在空虛裏。他的作品，像《聶嫈》第一幕，我不能不說是許多幼稚的劇本中難得的作品；而因為他沉溺在舊的陷坑裏，他不惜又創造出第二幕來，把一切所創造的都破壞了。

　　郭沫若把他三個劇本的集子題作《三個叛逆的女性》；他是，想要用聶嫈、卓文君、王昭君來宣傳他對於婦女運動的真理。就在這一點，他根本上已經是不了解戲劇、不了解藝術了。假如我們要說詩是應該作起來宣傳打倒帝國主義的真理，我想郭沫若一定要起來反抗的，他一定要說詩是藝術，有她底獨立和尊嚴的。那麼，我們為什麼不能同樣地為戲劇作這樣的防禦戰呢？戲劇是有自己的獨立尊嚴，不能屈伏於任何教條之下；這意義，我想應該為人們所承受罷。而郭沫若除掉把他的劇本放在教訓的重軛之下還不算，却更把他的劇本叫作歷史劇呢！

　　但是，人家已經自稱為歷史劇了，所以我在標題上也只得加這三個字，而我始終有點手顫。我覺得這樣的字樣寫出來，終於是一件汗顏的事呵。歷史劇在那裏呢？我們已經有了歷史劇了嗎？《三個叛逆的女性》裏所收集的，或者是顧一樵用以宣傳國家主義的作品，或者是梁實秋所稱為"在技術上毫無缺憾"的《長城之神》，可算為歷史劇嗎？只要把歷史裏曾經有過名字的人搬進人物表裏面去，就可以算作歷史劇嗎？那麼，為什麼不把我們所有的劇本通叫作歷史劇呢？因為所有的劇本（除掉最少數的例外）都是寫作者寫那個劇本以前的時候的作品，而且，這些作家，以及他們所創造出來的人物，都要隨着歷史底推移而退到歷史裏去的呢。

所謂歷史劇者，也只是一件很淺顯的事，並不怎樣難於索解。她是，如其名字所示，應該戲劇底地而又是歷史底地，在一切戲劇的成份之上更加以歷史的成份。去掉了歷史的成份，便無論怎樣，雖然是很好的劇本罷，絕不能成為歷史劇了。所謂"歷史底"者，就是一個劇的背景，或者可以說"空氣"應該是歷史的。我們要把我們劇中的人物，放在某一定的歷史時代的環境裏面去，這樣才能夠做成功一本歷史劇。所以，我們可以不用一個歷史上的名人而做成功一篇歷史劇，但也有用了許多歷史上的人物而不成為歷史劇的，如我在下面所要討論的幾個作家。只用上幾個歷史上面的人名，而一切他們的環境，那些環境所給他們的刺激，他們從那些刺激所起的反應——自然，這些還應該都是戲劇的——他們的動止、言語，以至於動止、服裝、佈景（這兩種是比較容易從旁的地方得到幫助的），並不是他們所處的那個時代底所有，我們有什麼理由叫那樣的劇本作為歷史劇呢？其實，我們要是真地被某一個歷史上的人物底個性（或人格）所感動時，我們也儘可以不必顧忌地拿來作劇。但是，我們不要忘記，任何人的個性都是從他的環境裏反應出來的；我們變更了他的環境，便同時得到他那個性變更底結果。有時侯❶我

---

❶ "侯"，當為"候"。——編者註

們可以把他搬到近代來，就是，我們自己所處的時代，並不顧及歷史的成份。這樣的作劇法也並不是不可能的。但是，我們雖然用的是歷史上的名字罷，早已近代化，變作近代的人了。這樣的劇本，仍然沒有理由叫作歷史劇的。

要作中國的歷史劇，我認為是特別困難，因為我們的歷史只有一些極不完全的紀錄。古代的社會狀況、風俗、語言（因為用不變的文言來寫東西的原故，我們古代的言語差不多完全消滅了）、經濟情形、以後一般人普泛的思想，都為我們歷史家所拋棄，而只有一些極不完全的斷片存留着，很不容易組合起來得到具體的觀念，以構成歷史劇所需要的材料。譬如，為官挾妓在北宋時已著為禁令，而唐時的白居易却能夠叫一個不相干的商人婦到船上彈琵琶侑酒（雖然那個婦人原是娼家，但此事也是後來才知道，當白居易叫她之前並不知道的）。這情形我們就完全不懂解。若是我們拿那個事作劇本的題材，我們一定得鬧出笑話來。然而，我們要不是因為某一歷史時代，與從那個歷史時代所產生的時代精神（這時代精神表現於某某個人或某某事件）引起我們的興趣和共鳴，我們又為什麼要作歷史劇呢？我們沒有權利借歷史上的人物發揮二十世紀的新思想，因為，歷史底人物一定要宣稱："我的嘴是應該說我自己底時代的話呀！"

在"歷史底"這一方而，我們的歷史劇作家是完全失敗了。我們姑無論劇中人物的言語和態度（這個，我記得曾經有人談過的），只看一些小節看。我們看見戰國時候的酒家的母女像她們之後好幾世紀的女人似的坐着紡紗，看見卓文君同王昭君之流坐着後來的人才有幸福坐的椅子。其實，棉的產生地原是印度，從西域展轉傳到中國，戰國的時代只有帛同葛之類。椅子，早先叫胡床，是外國人發明，東漢末年才慢慢為漢人採用——這些，不必有很多歷史知識的人都可以知道。這雖然都是小節，與戲劇情節底進展沒有多大關係，但也因為是小節，我們得想法子避免。一篇歷史劇裏若參加這許多"非歷史底"的東西進去，至少所謂"歷史"是已經完全失敗了。

他的劇本裏面，常常加進一些杜撰的人物。這一點，似乎有人攻擊過，而他自己也屢以為言的。其實，杜撰人物是歷史劇可容許的事，只要所杜撰的人物能夠放在正確的歷史環境裏。歷史劇並不是歷史，所以有創造人物底自由；但歷史劇應該是歷史底，所以應該有正確的歷史環境。環境是不能杜撰的。杜撰人物及人物間相關的情節，都是可以相當容許的，不是可攻擊或可讚美的事件。關於這一點，我不想說什麼話，但郭沫若也不能因為有人這樣攻擊過他就說別的什麼攻擊都是錯誤了。這是很顯明的事。

而在"戲劇底"一方面，郭沫若也同樣失敗了，失敗到沒有辦法，他大概是——假如我能夠這樣說——一個詩人，或者是一個主義宣傳家（這是多麼相反的東西呀！），也許就是他自己所說的思想變遷之前後罷。因為他不是一個劇作家，他不能了解戲劇底獨立和尊嚴，所以他所寫的，或者是詩似的東西，或者是宣傳主義的小册子：前者如《湘累》和《唐棣之華》❶，後者如他的歷史劇。詩，我是不大能了解的，所以對於那兩篇，缺乏戲劇成份的作品（雖然也許是很好的文學作品罷），我自以為無法討論也無須乎討論，因為在這篇文字裏我只能論及戲劇與其有關的東西。我在這裏，只說及他的歷史劇、他錯誤的見解同錯誤的方式。

---

❶ "《唐棣之華》"，當為"《棠棣之華》"。——編者註

郭沫若底作劇，我以為，並不是對於戲劇的藝術有特殊的情緒，只是因為劇中的人物可以張開嘴大說話罷。所以，一切劇中人的嘴，都被他佔據了，用以說他個人的話，宣傳他個人的主張去了。而這種態度是如此明顯、如此偏頗，所以我們絕對不能在他的劇本裏看見他所創造的人物有生命的、有個性的：只看見一些機械底偶像，被作者指揮着走作者所要他們走的路；一些機械的嘴，代替作者說他所要說的話。而且，他底作劇，是預定了目標的——就是，他預定了在某一劇裏給他的讀者以某一定的教訓，這些教訓是借劇中人物的行為作例子或徑直由劇中人物的嘴宣講出來。他所創造的人物，無論是聶嫈、卓文君、紅蕭、王昭君、毛淑姬或者是孤竹君之二子，都是沒有個性、沒有生命的東西（因為宣講者是不需要生命的），我們很可以隨便地把他所創造的人物換一個地方，變更其環境，或者，換一句話說，我們把他的劇本裏換上一些別的人物，而毫不會變更他劇中的精神。這理由很明顯，作者本只要一種機械式的宣講，我們當然可以變更一個留聲機而不破壞宣講的內容。因為要宣傳主義，更不惜把情節底進展已經完滿了的《聶嫈》第一幕破壞了，憑空添上第二幕去。作第二幕的目的，只是從兵士口裏傳出聶政（他已經死了，不能再張開口替作者說話，這是一件可惜的事）的一些名言；而兵士口裏傳出的話究竟是不夠的，所以又叫酒家女來覆述一趟，再叫兵士甲來補充一趟，並且作一個榜樣給讀者看。這樣，作者對於"五卅慘案"的血底反應，向帝國主義的攻擊已經完成了。但是戲劇呢？戲劇已經消滅了，所剩的只是教訓在。

從《三個叛逆的女性》，我們還可看出作者作劇的另一方式來。這個方式是好以舊劇的臉譜來說明。一個舊劇的臉譜，紅的是忠，白的是奸，顯然在臺上對照着。作者對於劇中人物也是這樣創造的。

所以，在一篇劇本裏面，既然有了代表作者說話的好人，一定有正覆相反地位的藉作對襯的壞人；而這種壞人，因為要顯出強烈的對照來，便把他們弄得充分滑稽、可笑、討厭。既然有了一個"在家不必從夫"的、有很好道德能夠作榜樣的卓文君，便一定有一個極其可笑的、非人的（我用這個名詞的意義是，這樣一個東西，似乎我不好說"人"）、不是人性中所有的程鄭。既然有了一個"出嫁不必從夫"的、有很好的道德能作榜樣的王昭君，便不妨有個極其可笑的、非人的（當然漢元帝那種畸形的懺悔是絕不會從人性中發出來）漢元帝。但是，我們究竟很幸福，沒有再看"三部曲"的第三部"夫死不必從子"的好例子。蔡文姬也很幸福，沒有被二十世紀的人把她捉到舞臺上去機械地侮弄。

教訓的色采根本把郭沫若的戲劇毀了。《孤竹君之二子》一劇，教訓的色采本稍淡一點，但作者苦心，生恐讀者不能明瞭，特別在序幕裏叮囑、聲明一下，加上很濃厚的教訓；他以為一切讀者都是傻子或小學生呢！

作者的教訓慾大到不可比擬。他在劇本裏面教訓，還以為不足，還要在劇本之外教訓，所以《三個叛逆的女性》後面便附了一篇長的後序。在這篇後序裏，他很明顯地表示出他作劇的態度和方法，解釋每篇劇本裏所含的教訓，並且標明他用戲劇教訓的主張來。近來，已經有這樣主張的信徒了，這是《一陣狂風》的作者楊蔭深。感謝這樣的主張，民間故事裏的祝英台便成了婦女運動的健將。至於這篇劇本的內容，則因為作者本非作劇而是要發揮主義，所以讓人家從婦女運動的觀點去討論罷，我在這裏不說了。

另外，我們還有一位國家主義的歷史劇作者顧一樵，但他的失敗是比郭沫若更來的凶，因為在他的劇本裏，連那樣可憐、那樣無聊的教訓還找不到呢！他的兩篇劇本，《荆軻》和《項羽》，裏面只有許多非常使人生厭的愛國論，和實際上得到了相反效力的歷史榮光底尊崇，以及一些枯燥、零亂的人物底雜亂紀錄而已。

《宋江》，獨幕劇，也是號稱歷史劇的，伯顏作。這個劇本，很笨拙地選了宋江在還道村受困的故事，讓我們看宋江同九天玄女的交涉。

戲劇應該有自己的獨立和尊嚴，這話是我竭力想要表明的。那戲劇去負有別項使命，無論是趣味底創造或宣傳主義，同樣地一下手就把戲劇藝術破壞了。所以，從陳大悲到丁西林是失敗的，而郭沫若也同樣失敗，雖然他有比前的幾個人大的天才和對藝術底忠實。一個劇作家沒有權利給他的觀衆注入無論什麼教訓（那樣他最好去作傳單或經典），也沒有權利把人分作兩羣，把好的變作天人，把壞的變作惡鬼。他們所能顯示的只是眞的現實、眞的人生、眞的情緒或眞的幻想。Ibsen 和 Bernard Shaw 等的問題劇裏，只顯示着在某種社會情況底下爭鬥着的人性，沒有教訓，也沒有好惡於其間。

至於歷史劇則我不想再說話了。我們並不是不需要歷史劇，但我們却先需要劇。沒有劇之前，是絕不會有歷史劇的。我們歷史劇的園地還荒涼着，正等待着我們的劇作家開闢呢！

3. 感傷者

前面兩節裏，我已經講過田漢、郭沫若同別的幾個作家。這一節裏，我要講郁達夫同白薇女士，並且給他們加上"感傷者"這樣的標題。郁達夫並不算一個重要的劇作家。但他却是頗有聲名的作者，有很沉重的感傷的色采的。白薇女士則是新的並且已經得到一些榮譽的劇作家；她很聰明，但是缺乏天才，也沒有對藝術底忠實。

我把他們兩個放在"感傷者"這樣的標題之下，他們是，以不同的方式和不同的情境作劇，但感傷底這性質却是相同的。他們之外，我還可以再找出好幾個別的作家，如王新命、陶晶孫、琲琲等，也或多或少地帶一些感傷的色采，但是在這一節裏我來不及講到他們了，只好留到下一篇。

關於感傷，我在第一節裏已經稍微說過幾句話；在《咖啡店之一夜》和《鄉愁》裏都可以發見一些感傷的份子，但田漢還不是一個純粹的感傷者。近幾年來，文藝裏感傷的份子之多是可驚的。很可以這樣說：繼虛偽的、淺薄的青年自覺精神之後，為文士中心思想的，就是感傷。感傷這東西，很早很早就盤據在我們民族裏面了。所謂騷人墨客或風流才子之類，都只是一些畸形的感傷者。這舊的鬼魂不知道什麼時候，乘機侵入懶惰的、無能的青年中。所謂花園派的文學，不是隨便在什麼地方都可以看得見嗎？而這不過是感傷者之一種形體；另外，以郁達夫或冰心女士為中心的許多作者，都是這個標題之下的。要是把我們感傷的作家的名字排列起來，我們將看見有很長很長的一行，而差不多全部的女作家們都要歸納在這裏面。

感傷者是，有着對於自己底柔弱的自覺，而同時又有超越別人的驕矜。因為有了超越別人的驕矜，所以常感到現在底不滿足，感到自己受了比自己所應得的要低下的待遇，感到孤寂和不被了解，感到人們的不公平、社會的壓迫和虐待——但這一切都並不是真實地感到，只是從自己的驕矜同錯覺裏發出來的。因此，他們驕傲、誇大，而且放蕩。同時他們又感到自己底柔弱，所以他們不敢反抗，不肯奮鬥，不能前進，成為時代的落伍者，而他們很清楚地自覺到這個。他們決不用自己的力量去改變他們所認為不滿足的環境的，只是發出牢騷和不平，一些咒咀❶、一些怨語、一些傷憐的話；於是從現實逃避了（他們本來沒有正視現實的勇氣），逃避到他們自己所創造的、虛偽的、借引的、假的藝術之宮裏面去。在感傷者的作品里，我們看見聰明，但是沒有天才；看見矯飾的虛美，但是沒有藝術。

這種色采最顯明而且風動一時的是郁達夫。因為寫一些感傷的話，他已經成為青年文人摹傚的中心了。他的作品，或者有人以為那是頹廢，表現着世紀末的精神的，其實不過是感傷罷了。世紀末的精神，沉淪的頹廢者，自我意識是極其強烈的，雖然自我意識極強者並不卽成為頹廢者。頹廢是基於強的精神、毀滅一切的勇敢、向下的決心同一切因襲傳統之破壞。感傷者的全靈魂裏，沒有強和生命，沒有勇敢和執着一切之心。我們在郁達夫的作品裏，只看見衰弱和淺薄的自己憐傷，低能者的怪語與咒咀。這只是墮落的感傷，連自己都忘掉了的東西。他的一個獨幕劇《孤獨者的悲哀》（我沒有見過他別的劇本，恐怕他所寫的只有一篇罷），正充滿着這種感傷的色采呢！這個劇本，是經成仿吾改編過的；這是一個奇蹟，也許就是所謂批評家的威權罷。

感傷的色彩，在戲劇一方面，有幾個很顯明的特點。他們所用的故事，一定是傳奇的（"傳奇"這一個字近來很有人用作 Romantic 的譯義。我這裏用的不是這樣的意思，我是用牠原來的意義，如元明人所用）、悲壯的或者是感慨的，而大都是戀愛的故事。失戀、別

---

❶ "咒咀"，當為"咒詛"。下文依文逕改，不再出註。——編者註

離、奪情、愛人底死、慘傷的遇合——一些所謂詩人的悲劇，都是他們所喜用的題材。裏面所有的人物，一定是才子、詩人、藝術家、富有天才的美麗的婦女，或者從前曾經是這樣過來人；美好、多情、Sentimantal，而都是被壓迫的。裏面情節是離奇的、富有詩意的，就是，把牠們弄成與曾經是詩的那樣的東西相似。教訓的劇作家自認為比一切人都高超，而感傷的劇作家則自認為比一切的人都優美；他們同樣不能給他們所創造的人以獨立的生命，剝去他們的自由，而强制他們的嘴給作者說話。感傷者也正和教訓者一樣，我們可以把他們的創作歸納到幾個公式之下，並且可以隨意代他們挪動的。底下我述說《孤獨者的悲哀》的故事。

　　一個少年時代豪華、揮霍的人，把幾十萬家財都花掉了，到老來流落成妓女的崑曲教師。他年輕，曾結識一妓女，生了一個女孩子。後來她因為窮困而厭棄他，他打她一頓就跑了。後來她因此病死，女孩子也拋棄不知下落。這是以前的經過。這個劇本敘述他當一個名妓的崑曲教師，伴着她在別墅裏養病。這個妓女正是他自己的孩子。作者描寫老人漸漸疑心，終於發覺了這件秘密，但他不說明出來，因為不願他女兒知道這件悲劇，並且絕口不提從前的經過。這個故事完全是傳奇（就是"有奇可傳"的東西），往日文人所稱為可歌可泣的事件。作者再加上病和秋景、黃昏、薄寒、籠中的鳥——這是用以對比和象徵劇中的女主人的——悲慘的夢，而開始唱一段崑曲，歌詠離別之詞的崑曲，並且敘述着她母親底死。作者用了許多詩物，從前人的作品裏找出一些所謂含有詩意的東西裝進他的作品裏去，而加以巧妙的配合。這樣，看的人也許會引起憐惜和凄涼的意味，但這並不是真的情緒，由作者的創造裏所引出來的。這樣的意味是只由於自覺或不自覺地聯想到從先所經驗過的作品

（就是那些詩物的產處）而引起的，完全與目前所看見的東西沒有關係。這不是藝術品，藝術是需要自己創作、自己表現的。這只是感傷者的一些哀憐話。我們要是把這些借引來的東西，病和秋景、傷情的和自憐的話、夢和死的敍述都除掉，則我們便會一點東西都看不見。作者本沒有表現真實的人生、真實的情緒，那我們自然不能從他的作品裏面找到了。

白薇女士也是一個色采很顯明的感傷作家。他所作的兩個劇本，《琳麗》是西瀅在《閑話》裏面稱為中國最好的十部書之一，《訪雯》是《小說月報》的編輯鄭重地介紹過的。她之作劇似乎很是晚近的事，兩個劇本都現在近半年中。但已經得到相當的榮譽了。實在，她很有資格當一個感傷者的代表作家，有一切感傷者必須的條件。她的劇本比郁達夫的更其聰明、更其會充分地借引詩物，但也離藝術更遠。無論怎麼樣，我們不能在她的作品裏找到一點藝術的份子。作者只是用聰明的手段（但不如說是用狡猾的手段還要更確實一些）裝上許多所謂有詩意的東西，堆砌許多美麗的字句，結果是成了一些眩目的、可厭的東西，沒有真實情緒的、虛偽的東西。

《訪雯》只是一篇極其惡劣、極其無聊的文字的游戲。用舊的故事作戲劇雖然很常見，但普通每限於形式未很完成的故事，用作一篇劇本的結構。用已經完成的故事則不很方便，作者每難於去取，不充分利用，反而受到牠的牽掣和壓迫。至於用已經成了藝術品的故事，如改編別人的小說之類，把已經有了顯明的個性的人格搬到自己的劇本裏去，這是一件很危險的事。這樣創作出來的東西是不容易有真的藝術價值的。感傷者卻正利用這一點。他們可以完全不用創造什麼，可以完全從原有的藝術品裏整個地借引過來；他們利用那原有的藝術意味，便可以造作得很像一件藝術品了。但是在

《訪雯》一篇裏，白薇女士却連這一點都沒有做到，牠只在原有的故事裏面，竭力裝進許多惡劣的、累墜的却自以為是美麗的字句進去。我們完全不能夠知道她說些什麼。她把原有的故事破壞了，不獨沒有創造出戲劇，實在還沒有寫出一篇完整的文章來。沒有看過《紅樓夢》、沒有明瞭過原有的故事的人，是決不會從她的劇本裏看出她在說些什麼來的。但是看過原有的故事的人，却完全不需要看這種惡劣的摹製品。

所謂中國惟一的詩劇，被推崇為十部好書之一的《琳麗》，我也完全不明瞭內中的意思。我看過一遍之後完全不了解作者所要表現的究竟是什麼東西，這樣厚的一本書是說些什麼話。我實在不明白裏面的情緒是些什麼情緒，是怎麼樣發生的。她把所有的劇中人物都派作藝術家、音樂師、跳舞的愛慕者、女優，而把他們放在一個動情的環境中：失戀。作者還覺得這樣以藝術家的失戀為中心的表演不夠，所以更參進許多綜錯離奇的環境進去。這樣的夢境佔據了三幕中的兩幕。其實，作者所以把後兩幕指為夢境的原故，並不是她想表明一些特殊的情緒，只是她有一些想要表演而不敢表演的東西，所以避開正面，把那些東西通裝進夢裏面去。在她這劇本裏，我們除掉看見一些虛偽和嬌飾之外，是什麼也看不見的。

作者在這一篇裏，差不多用盡了所謂美的、有詩意的東西了。但是她却忘記了美和詩是只能從眞正的情緒發出來；沒有眞的情緒，只硬裝進一些所謂美的、有詩意的東西——詩物——進去，不過增加那作品惡劣的程度罷了。她想用跳舞、用各種光線底變換、用化裝的伶人、用雷雨、用死屍來征服我們的眼睛，引誘我們的眼睛，擾亂我們的眼睛；紫薔薇的神，用時間和死的神，用猩猩，這些希奇的東西，想矇住我們，迷惑我們。她在舞臺弄上許多綜錯的顏色，許多綜錯的聲音，許多奇特的服裝，毫不調和、毫不融洽的，用這些麻木我們的感覺，愚弄我們的感覺。她給我們看一些動情的故事，自己的情人轉而愛自己的妹子，失戀後孤憤的出奔；她給我們看一些離奇的故事，紫薔薇的神奇（她指導着命運，教訓着行為），死神的戀愛和死神底死，女人的飄流和失戀，猩猩的吃人，一百多人底在雷雨中死去，花輪和花束的奇蹟——她用這些的東西，征服、愚弄、欺騙、恐嚇我們的感情，想要使我們相信裏面有真的藝術在，這種方法是決不會成功的。因為只有真的藝術才能感動人，真的情緒和人生底表現才能引起共鳴。其餘的東西，無論用怎樣聰明、怎樣狡猾的手段巧妙地佈置起來是決得不到些微結果的。對於看藝術品還不大熟的人，不了解藝術的人——前者是還未曾接觸過藝術，後者是不肯接受藝術——初看這樣的東西，也許會有一點驚奇和憐惜，或者不知所以的迷惑。但是這樣的感情在看演魔術的時候，在看演電影的時候，也同樣可以得到的，像腰斬或火燒之類的魔術，或者是表演危難、死傷的電影，我們知道不是術藝術品的。那麼，引起同樣的感情的東西又怎麼會是藝術呢？至於對於藝術有了熟諳的眼睛底人，則一看見那樣的東西，馬上就明白其中的借引，知道是字與句的游戲和騙術，除掉引起憎惡之感是完全沒有什麼的。

　　但是，這樣的東西，怎麼會引起讚美和稱賞呢？這是因為人們還習於虛偽的藝術品的原故。真實的藝術，表現着真美的人生及其情緒，是要有真實的、坦白的心的人才能夠領受的；受慣了虛偽的藝術品的人，是喜歡虛偽矯飾的東西比真的藝術品強的，因為在他們的心裏，早已刻下虛偽的、矯飾的印記，拒絕一切真實的、坦白的東西了。在虛偽的藝術品裏面，他們得到人性的侮弄和卑劣的趣味，這樣才可以消遣他們那無聊的靈魂呢！

郭沫若代表教訓，郁達夫代表了感傷和情緒底侮弄，田漢差不多介在他們中間——這一些都不是藝術，都不是戲劇。眞的戲劇是應該忠實表現人生，忠實地傳達情緒的。在這一些作家裏面，雖然偶爾有一點戲劇的萌芽，但立刻被他們的偏見和虛妄窒息死了。我們戲劇的前途，是並沒有負在他們的肩上的。更多的努力，更多的忠實，這樣才可以建築起我們戲劇的生命來。

4. 其他的作家

我特為提出這一節來，討論一些在前面沒有時間說到的作家。這些作家，大抵沒有前面所提到的那樣著名，並且，也許沒有很重要的地位。但是他們之中的幾個，確實有着較好的天才、較忠實的態度。他們所以不很著名的原故，則因為他們在文壇上還沒有造起偶像來。然而，他們也還沒有很多的努力，沒有很好的收穫。在下面提到的這些作家，都是不專於從事戲劇的；他們的作品，大抵只有一兩種，或者是很久就沒有作了。

雖然只作了兩個短劇，《黑衣人》同《尼菴》，我們很可以看出陶晶孫的天才來（他最近在《駱駝》上發表的《盲腸炎》是一種對話式的東西）。《黑衣人》，獨幕劇，是在中國戲劇裏罕見的作品，是比起郭沫若的《聶嫈》第一幕還要好的作品。在這一個很短的劇本裏，他描寫孤獨、寂寞、恐怖和瘋狂，描寫在特殊時候的淒涼和失望的，而仍然含着神祕的、美麗的、嚮往的心情是值得讚賞的。裏面的情調，非常緊張而且靜默，而從這緊張與靜默中傳出美和理想和現實底幻滅。這篇作品，是在創作裏很難得的作品，有着眞摯的情調和完美的技術。

在技術上，《尼菴》是趕不上這篇，就作者的精神上，也比這篇顯得有向下的趨勢。《尼菴》裏面，我們看得出有許多感傷的份子。因為逃避窒息似的死寂而跑到尼菴裏去，又因為逃避窒息似的死寂而從尼菴裏跑出來的妹，拒絕兄的愛（在她看來，戀愛也不過是同樣的死寂和虛偽）而跳到水裏死了。而同時，她所托付給兄的要他帶領到人間去的幼尼（妹因為幼尼的愛才在尼菴裏生存着，而幼尼是，要跟隨着她，從尼菴裏逃出來的）也隨她跳到水裏去了。於是，懷着熱烈的希望、生的希望，從艱苦中跑來尋求他妹妹，而終於把她引出了尼菴的兄，悵然坐在水邊，懷着夢底破滅和現實的咒詛。

這兩個短劇，只有很簡單的故事、情節、人物和動作。這樣的劇本，似乎不為我們的讀者所喜歡。我們的作者和讀者，都還要在戲劇裏尋求趣味和動情呢！這樣的東西在他們也許覺得太冷淡、太單調了。但是作者所要創造的並不是這些，所以他也不管這些。在他的劇本裏，飄流着一種熱烈而又淒冷的情緒、幻滅的美麗。這種情緒的表現，在別的劇本裏還未曾看見過。

王新命這個人好像很久不見了。他所預定出五種的《孤芳集》只出了兩種，已經隔過三年，沒有看見繼續出版。《孤芳集》的第一種是三幕劇《蔓羅姑娘》。這個劇本的形式頗有古典的風味，故事是傳奇的，地點在哈爾濱，人物是華俄混血兒同俄人，則又有一些異域色采。雖然在技術上還有一些不圓滿的地方，中間夾了一些感傷的色采，雖然並不偉大，所描寫的只是戀愛底失敗及其悲慘，但這個劇本實在可以算作一個較好的劇本，在裏面我們可以看得出被壓迫者的靈魂，同被壓迫者的靈魂底孤苦奮鬥，以及奮鬥後失敗的破滅。

　　這篇劇敍述一個華父俄母的孤女，俄國革命後逃到哈爾濱作咖啡店的侍女，這就是蔓羅姑娘（她的本名叫第飛德）。她同一個同樣孤苦並且患病的飯店侍女菲尼亞同住着，這兩個人便作了劇中的主人。開場在哈爾濱選舉花后的那一天，當選的有一個盧布的獎金。她們希望着這獎金，想要從這惡劣的生活逃脫。然蔓羅姑娘雖是最美的，却被善於交際的另一個所敗。選舉失敗後她同菲尼亞跑到江北荒涼的地方去，不意中遇到蔓羅四年前訂有婚約的俄人呃呵夫。他特來找她，因為沒有看見她戴着訂婚戒指，所以不敢相認，但她却已不認識他了。她的戒指是被一個人偷去的，這個人要拿她的戒指給人家賭三千盧布。晚上呃呵夫來找蔓羅姑娘，却未得到問明一切的機會；隨後那個人來了，要強迫蔓羅姑娘同他簽婚約，否則將戒指給呃呵夫。她拒絕了。那個人到呃呵夫處破壞她的事，呃呵夫便囘去了（她們本已有約說若訂婚後遇變故兩年不通音問則不再受婚約的縛束）。等到蔓羅姑娘找到呃呵夫時，他已在火車上，不聽她的解釋便走了。她跌在軌道裏，被火車軋斷一條腿，而這是❶她的同伴，惟一的朋友，因為患病而變為她底依賴者的菲尼亞正睡在她的屋子裏，剛才的悲劇一點都不知道。

　　結構一方面，因為分場太多——共十一場——不免鬆弛，這是技術上的缺點。她描寫流浪的孤女底命運及其悲慘是很好的。他們始終被侮弄、欺騙和壓迫；她們懷着未來的夢，但這夢立刻就壓碎在殘酷的現實裏，她們不絕地奮鬥，而終於跌倒在不可抗的命運之前。這個劇本雖然有許多缺點，但主要的精神却沒有損傷多少。

　　同樣一個含着很多的異域色采的劇本是曹靖華的《恐怖之夜》，

---

❶ "是"，當為"時"。——編者註

三幕劇，描寫往俄國去的傾向共產主義的青年。作者寫這個劇本不
很成功。第三幕差不多全部用英語，這是一個不很好的辦法，破壞
了戲劇的效力。作者不用俄語而用英語，大概恐怕人家不容易懂罷。
不過這也沒有理由，正如有人用英語演 Hauptmann 的《織工》一樣。

　　徐葆炎的劇本我見過《受戒》《惜春賦》同《結婚之前日》。他
近來有了一個含五篇劇的集子，但這個集子還未到北京來，我不曾
看見。他的劇本，在描寫的簡潔和經濟一方面頗為成功，但有時流
於簡略。《惜春賦》一篇，他能夠在簡略中創出清新而優美的情調，
雖然弱一點罷，這個劇本是很值得一看的。《受戒》的第二幕，作者
是，還未曾造成他所要表現的情緒就很快地滑到結果了；所以，我
們沒有受到作者所要傳達的情緒，反而感覺到迷惑和矛盾。《結婚的
前日》乾脆失敗了，這也是另一形式的《偶玩家庭》的摹製品呀，
雖然沒有很多的教訓意味。但是，就全體看來，作者是一個頗有希
望的作家，他有着優美而清新的情調；他的缺點是還缺乏更深刻的
觀察，不能發現更深刻的意義底優美和清新。

　　尚鉞作過一個短劇《我錯了》，描寫愛情的糾葛。他對於作劇本
這種技術還不大諳熟，在他的劇本裏看得出不經濟和粗疏的地方。
他寫青年對於愛情的煩悶和懞懂，是一個很了解青年精神的人寫出
來的，但比他的小說差的多，到❶像他最初發表的幾篇還未成熟的
東西。

　　近來朋其發表了兩個獨幕劇，《她的兄弟》和《刮臉之晨》。這
兩個劇本，也正如他的一些小說一樣，充滿他特有的銳利深刻的諷
刺，但在劇本裏面，他的諷刺却往往為他趣味的精神所破壞，這一

---

❶　"到"今作"倒"。——編者註

點是他的戲劇沒有他的小說那樣成功的原因。他太注意了技巧，所以他的劇本便缺乏一種樸實和眞摯的風味。他那一種巧妙精緻的技巧則是為別人所不及，但巧妙精緻的技巧却使他的劇本失掉了偉大和深刻。

《來客》，四幕劇，楊晦作。這個劇本，要不是作者拘溺在悲劇的收束裏，一定可以成為一個很好的劇本的。劉春江暑假期間，帶他的朋友穆女士到家裏住。他同他的妻感情不很融洽。他的妻看見他帶一個女朋友囘來，感到被棄的失望和悲慘，然而她却不覺地愛了穆女士，一家人也都愛了穆女士。在這樣難處的情境中，她便犧牲了自己，投井了。她遇救，但病已深，不久死去。她咽氣的時節，穆女士也離開了他們的家，在路上受大雷雨的襲擊而死。我們可以看得出這第四幕完全是不必需的。作者想增加悲劇的色采，故加上這樣激動感情的一幕，造出不意的大雨來，却不知道他反而破壞悲劇的情調了。然而作者在前面寫的却很好。那沉默的、忍受的，把一切悲哀和苦難和怨楚都擱在自己肩上而帶牠們到井裏去的女主人是我們戲劇裏的一個創作。近來他在《沉鐘》上發表了兩個獨幕劇，《慶滿月》和《磨鏡》。這個兩劇本❶並不好，似乎不及從前的一篇。在《慶滿月》裏，他想要創造出一種恐怖的和嚴重的空氣，但他用的還是從前那種激起感情的方法，並且更推到極端，他用的瘋狂和靈兆和死，都沒有產生他所要的結果——只創造出一些苦難的事是不行的，應該創造苦難的情緒。《磨鏡》是一種日常生活的漫畫，作者却不應該引用《金瓶梅》，以減少眞摯的氣分。

成仿吾很能夠改編人家的劇本——據他自己宣傳——却不能創

---

❶ 原書有誤，"這個兩劇本" 當為 "這兩個劇本"。——編者註

造劇本。《歡迎會》是一篇很幼稚的作品，只包含了許多反抗家庭的淺薄的訓語，裏面的故事都生硬，不自然，而且可笑。

張資平有一篇獨幕劇《軍用票》，是同他的小說一樣，裝在一種規定的典型裏面的東西。

王統照的《死後的勝利》，寫一個被人家騙了傑作去的畫家，終於因一個愛他的女子的力是❶在社會上收回他的名望，但他已吐血發狂死了。這個劇本，不獨含了很重的感傷份子，並且他把很少的故事分成七幕，非常笨拙，沒有後來的《感傷者》那樣聰明。他寫劇本是用的編新聞的方法，所以他把許多不重要和無聊的東西都弄到舞台上去了。

余上沅有獨幕劇《白鴿》和《兵變》。在《白鴿》裏，他呈露了他那非常笨拙的手段，《兵變》則呈露了他的創造趣味的氣分。（《白鴿》我曾經有過一篇詳細的批評在《京副》❷上。）關於他的劇本，我不願意在這篇文章裏佔了很多的篇幅，因為他只是一個既無天才又不聰明的、不很值得注意的劇作家。至於他的主張，則我在第五章裏有專論的。

顧千里，作《畫家之妻》三幕劇。

孫俍工，作獨幕劇《死刑》。

孫景章，作三幕劇《寶珠小姐》。

張鳴歧，作獨幕劇《雷雨之夜》。

上面的幾個作家我只舉出姓名來，我以為，他們是不必詳細討論的。他們大抵都是技術很生疏，沒有真實了解戲劇是什麼東西，但也沒有什麼必須提出來攻擊的毛病。如《畫家之妻》和《雷雨之

---

❶ 据文章，此處"力是"疑當為"力量"。——編者註
❷ 此處"《京副》"，當為"《京報副刊》"之简称。——編者註

夜》，我都曾說過話，在《京副》和《世界日報・副刊》上，所以在這裏也不願意再說了。我本想再提幾個，但這樣錄名是很無趣味的。而且有些劇本也實在用不着提到便不再提。

上面兩章所說到的作者和劇本，大概所有中國戲劇創作中重要一點的都在內了，但是我却不能說一定沒有遺漏。我曾經搜集過，結果便是上面所舉的這些，我不知道再有沒有了。

關於劇本和劇作者的批評就此為止，底下我將講到一些別的關於戲劇的東西。

IV 我們的舞台

　　第二和第三兩章裏面，我已經論及我們的劇作家。雖然是很枯窘的、不成熟的，但是一轉眼看看我們的舞台，則會覺得我們的舞台還丟在這枯窘的、不成熟的劇本後面呢！我們的舞台是一直到現在還沒有超出這文明戲的水平線之上的。演員們對於真正的劇本的態度，還是同對於幕表制的劇本一樣。要按照劇本那麼說，要按照劇本那麼作，這一件事，是沾染着從文明戲遺傳下來的惡習的演員們所不慣的。他們不願意負他們的責任。舞台的技術、佈景方面、燈光方面，以及舞台前面的設備，和劇場中一切習慣，都還是同文明戲毫無區別。對於舞台，並不忠實，並不當作一件嚴重的事作的這樣的觀念，是還流行着在。

　　關於演劇的歷史，我不能說許多話。幾年來的舞台情形，我只能記憶所及提到一點點。因為關於舞台的情形，從來沒有什麼記載的，除掉報上偶爾幾篇不很精密的劇評。所以，在下面說到的只限於我的記憶，而且只限於北京。不過這一章裏我的主要意思，是想指出我們舞台上的一些缺點來，加以觀察，並且想就我微薄的知識加以批評或指正。研究舞台是比之研究劇本還要複雜的事。我個人，沒有看見個❶西洋舞台和西洋的表演是怎麽的，而且對於色彩、音樂和建築、機械之類舞台上應用的科學也不懂，所以我想我是沒有許多話可以說的，限於我自己的知識，我本想丟開舞台不講，但不願這篇小文遺漏得太多，所以終於加了進去。

最先，我想介紹一篇文章：愛羅先珂的《觀北京大學學生演劇和燕京大學女生演劇的記》，登載在十二年一月的《晨報副刊》上，後來又收在人家給他編的《過去的幽靈及其他》集子裏。這篇文章，凡是努力於戲劇的人不可不看，並且應該是我們戲劇史裏面一個不可忘的紀念。討論演劇的文章，這是第一篇，在這裏面，以熱烈的、誠懇的態度指摘出來了幾個很重大的問題，是凡努力於戲劇的人（尤其是舞台方面的人）應該常常放在心頭的。現在，距那篇文章底發表已四年了，但他所指摘的問題却仍然存在着，沒有經過絲毫的改正。

愛羅先珂是一切到過中國的學者、藝術家中之最誠懇最忠實的一個。他是，並不和其他的外國人一樣；他拿中國和他自己的國家一樣看待。他的心目中沒有國界的分別。在短短的駐在期中，他始終熱烈地指摘着、鞭策着、攻擊着、鼓勵着中國，從他心底裏發出來，但因此却受到偏狹淺薄的中國人的冷遇，而自己感覺着凄涼，從這裏起來，又向世界的別一方飄流去了。因為發表一篇觀北京大學學生演劇的記，因為毫不客氣地指摘出他們的缺點，也就是歷次演劇的缺點——他受到許多刻薄的謾罵和卑劣的諷刺。這恥辱，我們國民所留下的，是較之日本政府驅逐他、虐待他還要大到若干倍的呀。

---

❶ "個"，疑為"過"。——編者註

"唉唉，黑暗的國度！唉唉，較之黑暗的現在，未來還要黑暗的國度呀！"我們什麼時候才能脫離那"使人想起些出眞蔬菜魚肉的市場、大而喧鬧的飯店、運動會、夜市之類的感覺"的舞台呢？一直到現在還只是被稱為"無論於眞理、於虛僞，兩無干係的退化的孩子"呢！

男女合演的例是，在那篇文章發表以後半年，由人藝戲劇專門學校演《英雄與美人》開的。但是，這只開了一個例。男女合演的這問題並沒有解決，而且，好像依然不被人們注意似的。男女合演，在北京，是被警查法禁止的，但從那時以後，便並不嚴勵執行了。人藝戲劇專門學校能夠這樣，是因為他們的❶長與官僚有來往。以後，則並不敢彰明地說，但只要不宣布出來，則警廳縱然知道，也似乎並不干涉。

不過，這種男女合演，也並不是有意義的、有秩序的、嚴整的運動；高興時這麼作一下，不知道什麼時候又忘了。純粹的男女合演，到現在還不曾有過。人藝戲劇專門學校、美生社、藝術專門學校戲劇系、五五劇社這幾處曾經有過男女合演的，都只是女主人由女子扮，老婦，有時候甚至於年輕的婦女則由男人扮。即如第一次男女合演的《英雄與美人》，其中只有兩個女角，林雅琴同她的假母，而這個假母則由男人扮的。有時候是因為女角缺乏，有時候並不如是，女人是不肯或者不能扮老婦人之類的角色，即中年的婦人也一樣，所以這類的角色到現在還是由男人扮的。

十年、十一年、十二年之間，北京的"愛美的"（這三個字是Amateur 的譯文，但他們却增加了一點特別的意義）劇團非常發達，

---

❶　此處"的"后脱漏一字，原書如此，疑為"校"字。——編者註

59

幾幾乎每個學校都有。如北京大學的實驗劇社、交通大學和師範大學的劇社，在當時都頗有名的。後來，因為人藝戲劇專門學校之興起，這些劇社便消滅或消沉了，雖然到現在還存有許多。實際上，除掉燕京大學之外（這個學校與旁的學校隔絕一點），其餘的各學校演劇的人，也差不多就是那幾個。他們旋生旋滅地組織了許多社，平常社員是不大相同的，但演劇的時候便邀了那幾個常演劇的人出台。這情形，到現在還差不多。

這些社的特色，在於他們無組織的散漫和對於戲劇的不忠實。平常，這些社等於沒有，他們絕不會研究一點他們的藝術。一到什麼學校或什麼團體有遊藝會的時候，他們便出來了，隨便選一個劇本，隨便上台去演一下。對於他們所要演的劇本和所要演的角色底研究，必需的排演，甚至於讀熟劇詞的功夫，他們都沒有。佈景、燈光和劇場設備的研究更不用說了。他們在舞台永遠忘記了他們所要表演的東西，而由他們任意編捏一些東西以代替之。

在這時候，戲劇差不多附屬於遊戲會，為遊戲會而產。演劇的意義，也只是娛悅遊藝會的來賓。因為只是遊藝中的一種附屬品，只是要娛悅觀眾的，所以演劇的根本觀念和態度都和文明戲時一樣，只因陋就簡地弄上舞台，上去只有了跟人物表上所寫的數目一樣多的人，只要有一塊東西把演劇的地方同別的地方隔起來了，其餘便什麼也不管。按照劇本所要求的來佈景這樣的事，一直不曾有過。人藝戲劇專門學校是，本來有這樣的力量的，但他們並不曾想到要這麼辦。藝術專門學校戲劇系呢，他們能夠這樣辦，而且也應該知道這一層的。但是，他們第一次在新明的表演和余上沅導演的《第二夢》（燕大演）都沒有供給劇本所要求的佈景。

職業的戲劇團體，到現在還不曾有過。人藝劇專成立時，同時有一時中劇社（是陳大悲或他的朋友組織的），但未組織成就消滅了。劇專的表演，也不能說是職業的。雖然他們組織的情形與普通的學校稍微有點異樣。職業的演劇並不足代表舞台藝術之頂點，但足以代表其發達。我們現在是，也沒有職業的劇團，也沒有小劇場或有組織的 Amateur 團體；我們所有的只是一個空空洞洞的、毫無成績的藝專戲劇系。

人藝戲劇專門學校最初演劇是在十二年三月，成立後不到半年的樣子。他們在成立後不久就出演是一件很不幸的事，也是學校破裂的一個間接原因。他們對於戲劇的知識還不怎麼樣好，對於舞台還沒有什麼研究就出演了，所以終於不能開始一個好的新紀元，不能把舞台的空氣變換一下。以後他們差不多每星期表演一次，所有的時間都耗在這種不成熟的表演上，勞而無功，對於他們毫無幫助，反到阻礙他們不能有別的進步了。

當時他們的戲劇教授，除掉陳大悲外再沒有別的人。陳大悲呢，對於佈景、光影、化裝、表情以及舞台設備之類是不懂得的。他整個的舞台知識都是文明戲底。他把這個傳給他的學生，這些學生在那個學校解散以後，有一部份跑到藝專戲劇系去了。因為在藝專戲劇系他們一點也不能學到什麼（他們在附於《世界日報》的《劇刊》裏向社會深深訴過苦的），所以他們仍然保存了那個從文明戲承襲下來的東西，陳大悲所教給他們的，以至於現在。

然而，人藝劇專的表演，究竟開始了較有預備的演劇。而且，把戲劇附於遊藝會的這樣的習慣打破了。他們能夠比較地記得住劇辭，對於上下場之類不會弄錯，不會忽然加上一大段或丟掉一大段，而且，他們有了闊氣的（雖然是不合劇情的）佈景。這在當時已經很難得了，所以一些別的社的演劇終於漸受淘汰。但他們的導演者

（或竟沒有）却也糊塗得厲害。有一次演《幽蘭女士》，她手裏拿一本《改造》。這應該是《改造》雜誌，因為那時的《改造》雜誌封面上有一個裸體的男人。但他們却誤寫着"改造"兩個字的一種練習簿了。像這類的錯誤是非常之多的。

他們所演過的劇本到很多，但都是陳大悲或他們一班人所編。西洋的劇本，他們不曾努力過。是因為苟安，或者是因為缺乏相當的指導，他們不曾在這方面嘗試過一次。

佈景他們是有了，這就是說，他們能夠為每一個劇本特製一些背景。但是，他們却忘記了（或者不曾知道）佈景的真意。以為背景愈華麗愈好似乎是他們的根本觀念。譬如，在《英雄與美人》第三幕裏，他們用一塊很拙劣地畫上許多亭台樓閣的布放在後面，並且，為更加引起人注意的原故，裝上許多小的電燈。每逢有人在後面走過，那塊布動了，所有的亭台樓閣同小電燈都搖動了。第五幕用染紅的電燈泡的光象徵朝陽，給人以討厭和生澀和刺目的感覺，是比沒有那的東西更要壞的。佈景只在增進劇本的情調和為演員的方便上有其意義，而且，應該與劇本所要求的相合。光線應該與劇本的情調調和，所以，在不得已時，寧缺勿濫。這一點，陳大悲不知道，余沅❶也不知道。這在他為燕大學生導演的《第二夢》可以看得出來的。《第二夢》的第一幕，用一塊縐摺的藍布圍着三面，作為背景。而背景裏面的佈置，因為不和劇本所寫的一樣，所以一切的動作都不能與劇本的相合了。第二幕用一塊透明的紗放在距 D. 四分之一的地方，紗後附着硬紙剪成的樹身和樹枝，拙劣而且驕傲地顯示出來。而因為是一平片的原故，又給人以虛假的厭惡的感情。

---

❶ 此處原書脫漏一字，"余沅"當為"余上沅"。——編者註

這樣的東西，是毫不會給人以在森林中的想像或情調的。我想，他們只要用適宜的顏色和適宜的燈光，完全不加上別的花樣，一定可以得到很好的結果。

十二年冬天，人藝劇專解散了，但這個學校實際消滅的時期還要稍後一點。

以後，從那個學校脫離出來的學生，曾經聯合在一處，到天津演過一次劇。這個團體不久也就散了，其中的一部份人另組織美生社。美生社的目的，本想研究一切的美術，連音樂、跳舞都在內。最初社員也很多的。這個團體，也如其他的戲劇團體一樣，沒有組織、沒有訓練的。他們曾演過《娜拉》《少奶奶的扇子》等劇，一種並不是純粹男女合演的形式。近來，他們漸漸冷淡，差不多消滅了，沒有留下一點成績。

十四年春天，女子師範大學演郭沫若的《卓文君》。他們用了一切舊劇的服裝，甚至於掛上兩尺來長的鬚。這一次，不獨誣蔑了劇，並且誣蔑了歷史。《卓文君》本算不了歷史劇，假如要演的話，很可以用近代的服裝。用歷史的服裝自然是一件很困難的事，經濟和學識都不容易做到。但錯誤是可以相當許的，舊戲的服裝却絕對不應該拿到舞台上面去。女子師範大學的演劇是頗為奇特的事。她們不獨把古詩《孔雀東南飛》派成七幕搬到舞台上去了，並且把一個電影片叫作《賴婚》的也派成十多幕搬到舞台上去了！

國立藝術專門學校添設戲劇系是十四年秋間的事，當初是趙太侔的主任，今年秋趙太侔走了，換上熊佛西。在趙太侔和余上沅的指導之下，這個學系是沒有什麼成績的。因為，他們都是國家主義者，想在這裏面建築起舊劇的勢力來（這就是他們所稱為國劇的，我下章當專論這個）。然而，不獨一部分學生反對這個，舊劇就是根本上站立不起來的東西。他們丟開他們所應研究的東西，而徘徊在歧路上，自然什麼事都不會作了。他們並沒有誠意地指導他們的學生。我想，他們應該比陳大悲等多懂得一點東西，但就他們所表現的成績，則一切都還停留在舊的規範裏。

藝專公開表演，曾有三次。第一次在新明，演《獲虎之夜》，與美生社演《少奶奶的扇子》合在一起；第二次演《獲虎之夜》《一隻馬蜂》《壓迫》三劇。第三次演時我正在上海。他們用兩個甚至於三個演本連合在一起演，是一個不可恕的惡習，這惡習是從人藝劇專遺傳下來的。我以為，要不是抱着職業底地娛悅觀眾的目的，是絕無一次表演兩個劇本之必要的，無論是怎樣短的獨幕劇。每一篇劇本的情緒是一整個。劇場一切的東西，無論目所見的、耳所聽的，甚至於身體所觸的，都應該與這一整個情緒相調和。演劇的目的，也就是要產生、傳達這一整個的情緒。一有兩個劇本，則觀眾的情緒便不能集中起來，會因而混亂甚至於衝突的。我們應該在開幕以前、閉幕以後，觀眾的情緒都連起來，統一起來，這樣才造成我們的大成功。我們豈能讓觀眾看完一個劇本之後，又立刻看另一個劇本呢？我們豈能把自己所竭力創造出來的情緒，又用別一個劇本來破壞呢？藝專戲劇系是有力量來糾正這個錯誤的；但是，不知道是因為無知，還是因為苟安，他們竟因襲下去了。

今年春天那一次表演《獲虎之夜》，是完全失敗了。那一次兩個老婦人都是男人扮，第二次仍用男人扮老婦，我不知道他們為什麼要如此。大概以為老婦人可以用男子扮罷！《獲虎之夜》的佈景也與劇本所要求的不合。田漢在這個劇本裏並沒有指明地寫出佈景來，所以他們便弄得不知道怎麼好了。我現在把那次表演的佈景簡略地記出來：

D. L. 門（通內）；R. U. 門（通外）；D. R. 窗，窗外現出兩張虎皮，窗下一桌，窗左一桌，近門。C. L. 一個燒煤球的鐵爐子，對着門，週圍●坐人。羅大傻受傷後進來，在 C. R. 斜放一門板，擱在櫈上，近門。

這個佈景把原來燒柴的爐子去了，拿一個北京人用的燒煤球的爐子代替，是非常可笑的一點。按劇本爐子應該在 D. L. 而原有的竹床也被取消了，代以 C. R. 後設的門板。然而最應該受攻擊的是 D. R. 的窗同窗後畫出來的兩張虎皮。他們以為這個佈景太樸素了，恐怕引不起觀衆的注意，所以節外添上這麼兩張虎皮。在這一點，我們看出趙太侔和余上沅對於佈景的根本觀念是同陳大悲一樣的。

燕京大學的演劇，我前面已提過一點點。他們大概每年都有一兩次表演，也排過幾次 Shakespere 的喜劇之類。Shakespere 的喜劇，是較之近代劇頗為容易演的東西。他們的表演，似乎只為娛樂，所以對於舞台並不怎樣注意；任意刪去劇本之前一幕，或者用隨便改譯的 Shakespere 的劇本拿到舞台上去。

另外還有一個美育社，是從前一些愛美的劇社之遺。他們已經墮落成文明戲差不多的東西了，並且還演幕表制的劇本，如《張汶祥刺馬》之類。他們演的時候很少，只是為什麼慈善籌款之類的游藝會。

去年冬天和今年春天各處演劇的很多。《少奶奶的扇子》一劇，竟演過三次。《第二夢》《慳吝人》，以及常演的《一隻馬蜂》《青春的悲哀》《可憐閨裏月》《咖啡店之一夜》等都演過，甚至於已被人遺忘的陳大悲的劇本，《英雄與美人》《幽蘭女士》都有人演過。我

● "圍"，當為"围"。——編者註

作的悲劇《不忠實的愛情》也由于是劇社表演過一次。這次並沒有成功，我們的觀眾非常之少。以後，演劇的空氣又復沉寂了。直到現在。除掉藝專和五五劇社各表演一次之外，還沒有別的。

關於演劇的一事，我只要寫這一點點。這實在是一堆枯燥無味的失敗的紀錄。底下我想分論一點佈景和光線等。

最普通的怖景是（這種方法是從文明戲承襲下來的）用木架子做成門和窗，用紙或布裱糊起來，作為室內景，或者在架子上畫些樹木遠景之類作為外景。有時候，更作一點假山或樹根之類。因為沒有諳熟的舞台技術，所以凡是複雜煩難一點的佈景都丟掉了，而且常常改動劇本以就舊有的木架子。這樣的東西，以人藝劇專在新明作的最好。他們有力量為每一個劇本新作一次，並且弄得很華麗。但他們却與別的許多用一副木架子配許多劇本的一樣，不顧劇本的情調，而且也不與劇本所要求的相合。

燕京大學常常用一塊藍布遮住三面，缺一點當作他們所需要的門。藝專戲劇系却用三層高低不同的布幅，他們可以在任何位置做出門和窗來。但是這樣的東西，除掉如演員的方便之外是沒有別的功用的。而遇到外景的時候他們便不得不用別的方法了。

于是劇社演的一次，開始把舞台下的燈光完全滅了。那一次的佈景，是利用舞台的後部作佈景的一部份。這樣辦法，實際上頗有一些便利，並且可以只用燈光底變換而造成許多不同的境地來。但因舞台的後部是講台式的凹入，故不能充分發揮其效用。去年冬天，女師大的學生在她們的禮堂裏演《咖啡店之一夜》。她們臨時弄成的舞台是在屋角上，成三角形，前部為弧形，在狹窄的地方臨時建舞台（一種小劇場式的表演），這樣的方法是可以試驗的。

減掉舞台下面的燈光一事，是演劇所需。然而這却為北京的觀衆所不慣。他們要求在舊戲園子裏似的有很大的光照着他們；仿彿他們到劇場裏來並不是觀劇，乃是看他們自己。這事後來五五劇社的表演也實行了。他們那次的表演我因剛回北京，沒有去看，不知道他們去掉腳燈沒有。于是劇社那次表演是沒有腳燈的。滅去舞台下的燈而仍然存留腳燈，則牠將更發揮其壞的效力。觀衆非常刺目吃力，而舞台上一切的形體都失其正確有效的形狀，不只演員的下頦變尖削，顏色變蒼白也。

煤氣燈是北京劇場中最最可恨的一件東西。不知道這種頹敗死滅的燈光，為什麼不去掉！腳燈也是容易去掉的東西，不知道為什麼不去掉。北京人是極守舊的，連從事藝術的人也是。他們常常頑梗不化，因襲着故舊的東西，而不肯用方便省力的方法去得到好的效果。他們不惜因守舊而破壞一切。他們知道，腳燈除掉使觀衆更看得清楚演員的臉子外是沒有別的功用的，但是觀衆並不需要數得清演員的睫毛呀！要是滅去舞台下的燈，使觀衆視力集中，則舞台上的光線很容易就充足了的。其實，我從未見過有一次光線不夠的，而舞台上的光線，往往是過多了，把劇本的情調破壞。煤氣燈和腳燈都是些最討厭的廢物。我們只要有幾盞電燈——甚至於煤油燈——放在適當的地位就很夠了。若是能夠用明睿的手段運用這幾盞燈，則不獨有了足夠的光度，並且可以收到和諧豐富的情調。

因為操縱上底便利，電燈差不多成了舞台上惟一的光原了，但電燈並不是最好的光，牠的光色是太枯燥、太薄弱的。我們只要用恰當的顏色綢子一裹，便可以得到美麗的、柔和的、合於劇本情緒的光來。這方法非常簡單合用，但還沒有人採用過，我自己也沒有機會來試驗。我以為，舞台上應該不用——或減少至最小限度——白色的光。電燈的白光較自然光是如何簡單貧乏而且缺少生命呵。

較之白電燈，倒是油燈之類能夠與人以更深的感興罷。

用油彩化粧是陳大悲提倡的。他曾作過《愛美的化妝術》一書，雖然很枯窘，但到現在還是惟一講到此事的文字，化粧的草率是可驚的。現在雖然用油彩，但情形還和用水彩差不多，所用的也不是精製的油彩條，只是一種自製的凡士林和顏色的混合物，顏色的種類非常簡單，大概不出四五種，重要的棕色和各種紅色都缺乏着。普通，無論是什麼演員，都用他本來的面孔（只塗上一點雪花膏或凡士林）或塗抹得不像人樣的面孔跑到舞台上去。曾經有兩三次，我看見演員黏的鬚落了，他毫不想法改正，並不再黏上，而一直在舞台上混下去。其實黏得稍微謹慎的鬚決不會落，而牠活動時自己一定先能知道。這事每使我發生非常之大的嫌惡，這不是演劇，是在舞台上給觀衆以悔辱了。

北京的演員是（但是，就我看過三次劇的經驗，又一次我在神州影片公司看過幾位戲劇協社社員排一點點電影中插入的戲劇，則上海的演員並不能比北京好，或者還有更為墜落的趨勢）一直到現在，還如愛羅先珂所說，學着優伶的樣子，而尤其是學着文明戲的樣子，近來，則聽他們說話，又要好好地學着電影的樣子了。可憐的演員們，他們除掉優伶、文明戲和電影之外沒看過別的，於是他們就沉溺在這裏面，以這個為他們一切的規範了。而他們是，異常之懶惰而且放恣。從沒有一次好好地看過他們所要演的東西，懂清楚了他們所要表現的角色，而且，絕不會記好他們所要講的話和所要做的動作。他們不能像人似的站在舞台上，說着人似的聲音，做着人似的動作。他們的腦經裏，只充滿着模仿優伶或文明戲或電影的心緒，以這個為他們的真正職責。而他們一切的時間，都消耗在看舊戲和電影上了。

用適當的方法訓練自己的聲音和肌肉——尤其是面部的——以適於相當的表現，用理解力去明瞭所要表現的人格，用想像力去創造所要表現的東西，這樣的演員，我是，還沒有看見過呢。在舞台上，雖然沒有充分表示他所要表現的，但是，只要人似的動作着，而不模仿什麼優伶、文明戲之類，這樣的演員，也沒有看見過。就是能夠讀熟了劇本，在舞台上沒有對於劇詞的錯誤的，也不常見呢。

因為沒有對於劇本和演劇的忠實，所以我們絕對看不見一次成功的表演。我們的演員，好像並不要表現他們所要表現的人格，如劇本所要求的；而只是，在舞台上取悅於人。他們或者要弄得很漂亮，尤其是演女角的和青年的，或者是要弄得很滑稽，讓人家發笑。在劇本不允許他們漂亮或滑稽的時候（劇本常常是這樣的），他們便完全破滅了劇本，而把他們從優伶、從文明戲、從電影學來的花樣仿造出來。漂亮和滑稽趣味，破滅了我們的劇本，也同樣破滅了我們的舞台。

不獨演員，就是導演者，也似乎是以取悅於觀衆為第一職責，普通劇社的排演是沒有導演的，人藝劇專和藝專戲劇系和別的幾次表演是有了，如燕大演《第二夢》，但這些導演者的目的似乎並不是要把全劇的情緒統一起來，演員間的，演員和佈景和光線以及一切與表演有關的事物間的；他們乃是要取悅於觀衆，一次要演兩個至兩個以上的劇本，無非是要取悅於觀衆，怕他們發出"我花了錢而得不到足夠的消遣的時間"這樣的怨語來罷。演劇而加上其他跳舞之類的遊藝是非常壞的，不相干的音樂也應該排斥。一篇劇的情緒應該是一整個。表演這個劇的時候，一切都應與這情緒調和，一切都應附屬於這情緒之下，一切多餘的贅物都應該從劇場裏扔出去。這實在是一件很簡單的容易明瞭的事，但是為什麼我們的導演者和演員通不知道呢！只有優伶和文明戲才拿許多不相干的東西，作出許多不相干的動作以取悅於觀衆，戲劇的劇場、戲劇的舞台和戲劇的演者，是應該禁止這個的。這是我們的恥辱呀！

已經決定了演一個劇本，選擇分配演的角色的手續是沒有的，大都由常出風頭的人佔去主要的角色——而我實在不明白一個劇本有主角、配角之分，以演電影為業的人才有明星制——而其餘的角色便隨意湊合，甚至於不夠！（有一次演《少奶奶的扇子》，開幕後角色還不夠，便叫一個聽差扮第二幕的王老太太！開幕後而角色不來，讓別的幾個演員在舞台上談了三十分鐘閑話。）以後，也沒有一個人担任演員間的聯絡，計畫出必須的動作，把各個單獨的演員聯合成一整個底和諧。沒有人計畫光線、佈景、服裝和器具，怎麼樣才能與劇本的情調調和，怎麼樣才能促進劇本的情緒。沒有好好地排演，甚至於全不排演，縱然有排演也只是幾個人的對詞。一切都是亂烘烘的，就搬到舞台上去了。這樣的東西，怎麼能叫作戲劇底表演呢！

我們的舞台，無論演員、導演者、佈景、光線和化粧，一切的一切，連觀衆也在內，都還沒有超出文明戲的水平線。

我以為，我們的舞台是，應該先有人，然後才能有戲劇。演劇這東西，也和別的藝術一樣，需要相當的練習。在未曾成一個演員，成為一個劇本中的人物，表現出作者所要求的人格之先，應該是一個人，而且永遠應該是一個人，應該人似的站起來，然後才能傳達人的情緒，表現人的生命；應該堅定地立着成為一個眞實，然後才能顯示出眞實。（應該知道戲劇和其他藝術一樣，永遠是表現人底和眞實的呀。）學什麼優伶或文明戲或電影之類是不行的，應該學人！而且，應該自認是一個人，把舞台上動着、說着的也看做人，不是什麼供消遣的東西——先抱着這樣的自覺心走到劇場中去，才配當現代戲劇的一個觀衆。

不能造成劇場空氣的原因，表演戲劇的人——演員、導演者和其他有關的人——應該負一部份責任，觀衆也應該負一部份責任。但羣衆往往是雜亂的，不能有一種好的環境來調和鎮靜他們的情緒，則他們永遠是亂烘烘的。所以，一次戲劇的表演並不是只有幾個演員就完事。演員只担任他所表現的角色，雖然他們是表演中最重要的部份。此外應該有人設計把舞台上的情緒統一起來，把全劇場中的情緒也統一起來，與劇本所要求的相和諧。無論是光影、顏色、形體、聲音，演員以外的，舞台以外的，甚至於劇場的外部，都應該統一起來，與劇本所要求的相和諧。這樣，觀衆的情緒，自然統一起來與劇本所要求的相和諧了。這樣才能成為一次成功的表演。

鎮靜觀衆情緒的方法，最容易的自然是音樂。但並不一定是最好的方法。在開幕的時候，除去劇本所要求的以外，絕對禁止過多的音樂，閉幕時間，稍微用一點也不很壞，但最好是讓觀衆安靜着。假如有好的表演的時候，則觀衆寧肯在這時候得到一點些少的時間去思索的，這樣就不應該用音樂去擾亂他們。未開演以前，稍微用一點與劇中情緒共鳴的音樂，使觀衆丟掉他從外面帶來的殘餘的印象，這方法也很可用。其實，有一個合宜地佈置着的劇場的時候，觀衆一進來就會感覺到莊嚴的戲劇空氣。按時開演——看。北京的演者多麼不守時刻——不要令他們發燥。然後，滅去台下的燈，閉幕（開幕，尤其是閉幕的哨子，絕對非去掉不可，在演劇時必須防止一切非必要的聲音），開幕以後，在形和色和聲音方面，給觀衆以相當的刺激，與劇中的情緒合諧的，這樣，好的劇場空氣自然造成了。

　　一個寫文章的人知道廢去一切不必要的字和句，一個建房子的人知道廢去一切不必要的磚和瓦，為什麼表演戲劇的人不知道除去一切不必要的聲音和形色呢？

　　我以為，在佈景一方面，應該用光和色和形底象徵去代替實物底仿造。實物的仿造常是不可能而且不必須。我們所需要的是從實物所產生的某種情緒，而不是某種實物，所以，實物的仿造品所產生的情緒並不如用光和色和形底象徵所產生的那樣正確而豐富。燈光呢，我們應該知道燈光的最大使命，除掉使人看得見而外（我們記住，不要讓觀眾太看得見了），還要產生必須的情緒。所以，我們除掉電燈之外還要利用各種光源，並且要用顏色光代替白光，而尤其是：要產生必需的影來，沒有相當的影的光是沒有生命的，在牠之下之一切人和物也失掉了生命。服裝應該絕對排斥無謂的華麗（只有優伶才這樣作的），應該與佈景和光線調和起來。

　　然而，這樣的設計，是絕沒有人實行過的。就是最小限度的改革，如廢去煤氣燈和脚燈，最小限度的要求，如熟讀劇詞，也作不到呢。我們的舞台將永遠停滯在文明戲的水平線上嗎？

　　人藝戲劇專學校，無論在劇本和在舞台上，毫無成績就消滅了。許多劇社也毫無成績地或消滅或存在着。國立藝術專門學校戲劇系以前，不獨毫無成績，而且留下一些壞的影響——這是我在下一章裏要討論的——但究竟還存在着，還有她的將來。雖然就最近的形式看來，還沒有趨向光明的消息，但究竟還有她的將來，而這將來是可以好、可以壞的。她，和許多尚存在及將來產生的劇社，我希望，忠實地努力着，而且要忠實，而且要忠實地努力着。

Ⅴ 論國劇運動

　　去年，國立藝術專門學校添辦了戲劇系，趙太侔作主任，余上沅和別的幾個人在裏面當教授。這是一個好消息，無論他們一年以來，毫無成績，反到把戲劇引導到一個錯誤的途經，但這個至少可以說明教育界的人至少承認戲劇這藝術可以加進大學教育裏去了。以前，曾經有人提議北京大學添辦戲劇系，這事沒有成功。人藝戲劇專門學校雖然有一些北京的名人列名在董事裏面，但實際上教育界只聽其自生自滅，毫未加以幫助或注意。就國內的情形而言，我們知道現在設立一個專門程度的戲劇學科未免太早一點，教育界和社會都缺乏這種力量。戲劇在我們國度裏還太幼稚，劇本、舞台、演員——我們什麼都缺乏，但我們總希望能夠有這樣的一個出現。或者是要失敗的，但失敗的意義並不怎樣重大，毫不值得大驚小怪。只要能夠繼續幹下去，敗失敗不過一瞬目就消失，變作勝利的前途之一段了。

　　藝術專門學校戲劇系之創立，在短短一時期之間，有頗可注目的事件。從去年夏到今年夏，一年中，他們曾經竭力宣傳過他們的國劇運動，這個，在出過十五期便停止了的劇刊上大體可以看得出來。他們——趙太侔、余上沅，及幾個別的人，我們可以叫他們作國家主義者——辦理戲劇系，以及他們一切的行動都是本乎這個主張的。今年，他們的計畫似乎頓挫了一點，趙太侔、余上沅都走了，戲劇系的主任由剛回國的熊佛西担任。就熊佛西最近的言論，則他也是一個國家主義者——我在這裏用"國家主義"這名字，是只關係於其人藝術的見解，並不涉及他的政治主張的——所以，我想，戲劇系今後一切的進行，大概不會有許多的變更罷。今年，聽說招的新生很少，要用混合班的方法教授。我不知道他們是否仍然如從先那樣努力、那樣急進，或者，他們也許要暫時停頓一下，因為他們已經察覺了他們的進行並沒有他們預期的那麼順利。

不過，一年來戲劇系的失敗，並不是方法底地或計畫底地，不是這一件事或那一件事，乃是他們根本上有了錯誤的主張，根本底地跑到錯誤的路上去了的原故。他們有了牢不可破的錯誤的主張，這錯誤的主張是，他們想從舊劇出發而建立起中國的國劇來。他們所以有這樣的主張者，則因為他們是國家主義者，因為他們承認了東西文化根本上有區別這麼一回事。從國家主義出發，他們承認東西文化有區別，因而以為中國的文化都是好的，他們便變為骸骨底迷戀者和歷史光榮底盲目崇拜者。在別的藝術上，他們推尊一切"中國底"東西，竭力讚揚中國故有的東西，中國的繪畫、音樂，甚至於寫字，都以為是至高無上的藝術。在戲劇上，便是他們的國劇運動；表面上是要創造一種新的東西，而實際則要整個兒搬出舊戲來。在這一章裏，我將要考查他們，於我的能力範圍以內，批評並且指出他們的謬誤。

以前，戲劇是盲目地奮鬥着。她向各方面發展，掙扎着自己的地位，努力從舊劇和文明劇裏拔出來。這種從舊劇和文明戲裏拔出來的運動實在是很緊要的一步工作，這樣，戲劇才獨立起來，有了在藝術裏立定腳根的位置。我是根本上反對舊劇的一個人，研究戲劇者則除掉為攻擊的便利以外是用不着理會這個的（這些理由，我在下面還要申說）。以前，戲劇正做着這樣的工作，為這工作努力的人，除掉戲劇的僕人之外，還有《新青年》的一班不能忘掉的戰友。在這時期，戲劇還只是普泛地奮鬥着，沒有確定自己所要走的途徑。現在似乎已經有一點餘裕，能夠從容地、確定地走起來了，不幸又落到錯誤的途徑裏，走囘從前所竭力要擺脫的迷宮裏去了。對於國家主義者在戲劇上的努力，發表一定的言論，規定一定的計畫，這是我們應該表示相當敬意的；但對於他們荒謬錯誤的主張，則我將加以猛烈的攻擊。

國劇是他們所要建設的，而國劇的根據則在於東西文化的差異，東方的文化是較優的一種。因為東西文化有了差異，所以他們要用東方的精神建築起國劇來；因為東方文化是較優的，所以他們要拿他們所建築的作為西方的救兵。他們建築計畫，是以舊劇為根本而出發的。但是，我們只要稍微考查一下，就可以知道這只是可笑的名詞的誣枉。誠然，我們需要表現我們自己的精神的戲劇，這意思是，我們需要一種我們自己精神底作品，裏面所表現的精神是我們自己底；但這個並不含有我們要一種特異的表現底工具來表現我們的精神。工具應該是大同的，沒有界限的區別。表現的方法只有好和壞，沒有東和西。我們所要求的只是這樣。假如我們定要搬出"國劇"這樣的名詞——其實，除掉國家主義者偏狹的眼光以外，誰都知道藝術是沒有國界的——則我們所要求的國劇也只是這樣。這正如我們要求一種"國小說"或"國詩"，我們需要表現我們自己的精神的詩和小說，但決不能把我們的詩弄成五七言，或把我們的小說弄成章囘體或筆記式。譬如，我們不能因為俄國的劇作家用同西歐一樣的 Drama 的形式寫他們的劇本，同西歐人一樣地在舞台上表演他們的劇本就說他們沒有他們自己的戲劇。我們決不能把戲劇弄成舊劇的形式，用舊劇的方法表現，這都是一些應該丟到墳墓裏去的腐骸。我們只能用西方人創造得較好的方法，並且設法創造更好的方法——但不是舊戲的方法。並且，假如我們已經有了更好的方法、更好的工具，而這也應該是世界的，不能在上面加上一個"國"字。在我個人，我是根本上不承認有什麼東西文化的區別，不承認東方有什麼精神文明，或者是"形意"的藝術，而這些都比西洋高妙。這些話，是同張之洞、辜鴻銘、義和團的大師兄一鼻孔出氣而且更要荒謬。文化只有好的和壞的。現在，無論物質底地或精神底地，我們都趕不上西方，雖然將來我們也許能夠好好地跑，要是我們能夠努力的話。

上面的話已經扯得很遠了，應該趕快收回來，現在我們先看看他們由東西文化區別而發出的藝術論。

林風眠是一個繪畫家，他的藝術論是國家主義底。他的意思，好像要溝通東西繪畫，却不知道上了西洋人的惡當。西洋自有一班專門稱讚中國的壞蛋。他們的意思是要讓中國永遠是一個老骨董，好供他們觀摩賞玩。這樣的議論正中了國家主義者矯妄說虛榮心，所以他們便趕忙採取了。林風眠在一篇以繪畫為主體的論東西藝術之前途的文章裏說："西方藝術，以摹倣自然為中心，結果傾於寫實一方面。東方藝術，是以描寫想象為主，結果傾於寫意一方面。"（這裏"寫意"兩個字，照他前文看來，應該解作抒情的。"寫意"是舊日畫家一種術語，用到這裏毫無意義。）趙太侔在《國劇》一文裏說："西方藝術家正在拚命解脫自然的桎梏，四面八方求救兵，中國的繪畫確供給了他們一枝生力軍。在戲劇一方面，他們也在眼巴巴地向東方望着。"前面的幾句話，是他們根本觀念，他們一切言論主張都從此出發。後面的幾句話，則是他們所以興起的原故和他們要怎麼做的計畫。

然而林風眠的話不過是可笑的名詞的誣枉。說描寫想像是東方藝術的特點，不如說藝術是東方藝術的特質罷。因為所有的藝術品，都是經過作者的想像才出發的。說西方藝術以摹倣自然為中心，其可笑不讓幾十年前的人說西洋只是有船堅炮利。寫實主義和自然主義不過是歐洲十九世紀時藝術之一派別。他們的特點，與其說是在他們的方法，無寧說在於他們唯物觀的命定論底思想。趙太侔的話，更是無謂的誇張。但這些話暫留到後面說，我們不如再從《國劇》一文裏引幾句話，以便更清楚地得到他們對與●東西文化差異的概念：

"從廣泛處來講，西方的藝術偏重寫實，直描人生；所以容易隨時變化，却難得有超脫的格調。它的極弊，至於只有現實，沒有藝術。東方的藝術，注重形意，義法甚嚴，容易泥守前規，因襲不變；然而藝術成分，較為顯豁。"這幾句話，也可以當作他們東西藝術的優劣論看。因為，從他們整個的主張，他們是要復興（我不說"創造"，因為他們是眼看着古代的）"形意"的藝術，復興"義法甚嚴"的藝術，而"義法"就是他們所認為藝術的份子的。

四年以前，蒲伯英為人藝劇專徵求歌劇劇本，那時余上沅曾經反對，說有妨話劇的發展，但近來的態度却完全變了。他們反對話劇，尤其是反對社會問題劇，余上沅竟完全稱之為非藝術底。他們要創造一種程式化的戲劇，以為"程式是一切藝術所由成立的基本成份"，而這種程式化的戲劇是由舊劇改良音樂、改良劇本，和以西

● "對與"，當為"對於"。——編者註

方的舞蹈作基本練習來改良動作所成功的，但應絕對保持其程式化，以超脫自然，因此，他們極力稱讚舊劇；除掉有些小毛病之外，舊劇的基本原理是最好的。而且，他們要把戲劇圖畫化、雕刻化，這樣才成為他們理想中的戲劇。

我上面說他們要建設一種改良音樂、改良劇本、改良動作的程式化的戲劇，或者人家要想到他們要建設一種用光線、圖畫、音樂和舞蹈綜合體的東西，用這幾種東西的復合的效力來傳達相當的情緒。再不然，就是要用中國音樂建設新的歌劇。（在這裏"中國音樂"幾個字很關重要。在國家主義者的眼中，一切中國固有的東西都是最好的藝術，一切都應該用中國固有的東西；這才是他們眞正的主張，其餘的都不過是辯論的用語。）

事實上並不這樣。我們要是把他們辯論的用語撇開，把他們粉飾的誇辭去掉，便瞭然於他們並不要求建設一種新的綜合的藝術，也沒有要求建設新的歌劇。他們所要求的乃是整個兒的舊劇。雖然他們也要求改良一點，但他們所要改革的只是極細微的末節，如梅蘭芳覺得舊的劇本不大好而改成天女散花一類的東西一樣，如南通要梅蘭芳去演劇而要求他不摔墊子和在場上喝茶一樣，至多也不過如張謬子所要改革的一樣。

趙太侔在《國劇》裏已經聲明了舊劇不應該用佈景的，余上沅也有類似這樣的話。這樣，他們並沒有利用光和色和圖畫的野心。另一方面，他們極力稱贊舊戲的做工，就是台步、身段、架子，等等；極力稱贊臉譜，就是在臉孔上堆上毫無意義的顏色；極力稱贊舊戲的衣服同傢伙。對於音樂他們雖然說要改革，但却把這改革的責任交給將來的 Wagner；這意思，就是他們認音樂尚無改革之必要，並不急促，却安閑地等待着，而拿現有的維持下去。在劇本一方面，趙太侔要求要改革一點，但俞宗杰則力稱為“富有線條的美”。他所稱贊的不是雜劇或傳奇，乃是皮黃、幫子之類所用的劇本，這樣，我們知道他們所要的乃是整個的舊劇；做工、唱工、臉譜、音樂，以及劇本，完全無缺地成為他們的國劇。

前面我已經說過所謂國劇也不過如“國小說”或“國詩”一樣，只應該是一種表現他們自己的精神的戲劇，並不在形式問題。我們無須乎搬出國劇這樣的名詞來，把他們自己的精神限制在狹隘裏，我的話並不含着有反對帶地方色采的東西這意思。（因為說話是常常被誤解的，所以我節外生枝地註解一句。）我又說明了現在的國劇運動是怎麼一種情形。底下我再分段討論，第一，舊劇是什麼東西；第二，程式化的戲劇是否可能。

舊劇是什麼東西和舊戲是否有改良底可能，我想是應該從兩方面討論：舊戲的根據和舊戲的外形。

舊劇是產生於貴族，完成於貴族，悠閑的能夠虐待的階級。他的內和外，連着演牠的人的人格，都是供給貴族們賞玩和侮弄的。所以，無論那一個有着清晰的意識的人，一個沒有慣於舊劇而被牠把他自己的意識麻木了的人，他看見舊戲，一定要吃驚於那粗燥濃烈的刺激、燥烈而不調和的聲同燥烈而不調和的色，吃驚於性的侮弄之多和坦然賞玩着傷害和殘酷的。這種引起卑劣慾望的刺激和性的侮弄、傷害殘酷的侮弄是舊戲成立的根據。無論那一個有着清晰的意識的人，不喜歡侮弄性，沒有以賞玩殘酷為樂的人，他決不能在舊劇場裏看完一齣《虹霓關》、一齣《武家坡》、一齣《龍戲鳳》、一齣《打花鼓》、一齣《殺媳》，或者任何一齣武戲和丑角戲的。在舊戲裏面，性底侮弄和傷害殘酷底賞玩這樣豐富，這當然是由於民族卑劣趣味底發達。譬如，男女分扮兩性的角色這件事，趙太侔以為不成問題的（這在他，也不過隨便說說罷，從他的理論的根據是，並無男女合演之必要的），實際上却是舊戲的一大事件。生用真生、旦用真旦這件事，很早以前就有人試驗過，試驗過而失敗了，因為不能滿意牠的觀衆的性欲。就在現在，男女混合的戲班子也常有的，但並不由男女分擔兩性的角色。男子扮女，這是舊劇的一大事，是東方的精神文明，是形意的藝術；因為，只這麼簡單地扮一下，無論是男子或女子，都可以從那裏得到性的滿足了。舊戲中的生和旦，並不代表男女兩性，只是兩種形式不同的供人賞玩的東西。

舊劇的形式是成立於一些不合理的縮省與概約。我們現在所看見的，如揮鞭代馬、舉手當門、執旗為車、立障為城，都只是真的東西的無意義的縮省。本來目的，原是要盡量像真的。現在我們所看見的東西，只因為他們沒有法子弄得像真，因此隨便拿一點別的東西代替。從前明末清盛，有大闊老養戲班子的時候是如此（演一次《桃花扇》的砌末至三十萬），清末內庭供奉的戲也是如此，現在戲園子也竭力在這一方面做，如機關佈景者是，而這激急的趨勢却非常受觀衆的歡迎。在舊戲裏面，本來只是一些無意義的簡約和程式，當然講不到象徵。若是事實上做得到的話，他們一定牽一匹真的馬到舞台上。這個用真的馬才是他們本來的意思。不騎馬而揮鞭代之，只是他們不得已的苦衷。因為只是事實上做不到而因陋就簡的省約（現在還有許多用人裝獸或裝馬而騎着出台的情節，可見得在可能範圍以內，他們是絕對不肯省約的），這種省約都是無意義的不合理的。揮鞭只是不能騎馬後所殘存的餘痕。馬搬不到台上去，但鞭却是可以拿的，他們便去了馬而只存在鞭。揮鞭是不合理的，因為這不能表現騎馬那件事，不能表現出騎馬那件事的情緒，或者騎馬那件行為的精神。（象徵是只成立於後面兩個條件之上的。）一個人沒有預先注入"揮鞭代騎馬"的這觀念之前，就是，沒有人先告訴過他揮鞭是騎馬的記號，他一定不能瞭解揮鞭是怎麼一回事；揮鞭和騎馬之間並無貫通處。要是他們能夠先下一個定義說"揮鞭可以代表乘馬"，正如我們下一個定義說"ABC 代表已知數"，那麼，我們為什麼不能下一個定義說"吃飯代表乘馬"，正如我們又可以拿 DEF 代表已知數呢？要是我們能夠拿不相關連的東西代表另一東西，而需要預先加以解說，正如我們拿符號代表數目，那麼我們為什麼不能指一堆毫無意義的符號為藝術呢？

性底壓迫，無論在那一民族裏，恐怕沒有在我們民族裏這樣凶罷。而逃避這壓迫的方法，性底畸形發展，無論在那一民族裏，也沒有這樣錯誤而沉重罷。從舊戲裏賞玩着性底侮弄，而產生像姑這樣的習俗，這也是必然的趨勢。（這一件卑劣的殘酷的事，不久之前才被法律禁止，而仍然祕密進行的，不知道提倡舊戲的先生們也曾記得麼？為什麼玩女戲子的少而玩像姑的多，這原因，也曾思索過麼？）對於傷害和殘酷的賞玩，只要看看觀賞出殯的情形，對於那事的指摘和嬉笑，看殺人和失火，一定可以內省若干罷。這情形，要是一個沒有慣習於這個的異民族看了，會大驚不已的，而我們則安之若素呢。實際生活裏，常苦於沒有足夠的機會來賞玩殘酷和性底侮弄，於是舊戲便出來以滿足這卑劣的肉慾了。

高銳燥烈的音樂也是舊劇的一大要素。這種音樂的功用是在於牠對於耳的刺激——引起卑劣的肉的趣味來，而不在於所表現的情緒。牠完全不用表現出什麼情緒（所以情節絕不相同的戲可以用同一的調子），只要牠本身能夠刺激起肉慾就夠了。因為這個，所有女子演旦角的都失敗了。（你要是不明白這一點，你會吃驚於所有受歡迎的旦角都是男子這事的。）女子不能發出像男子用小嗓逼出來的那種尖銳高燥的音，在引起肉感一方面，便不及演旦角的男子了。這種音樂是不能改革的，因為一改革便失掉了舊戲的真意義。皮簧戰勝崑曲，音調的高銳燥烈是一大原因，而同時胡琴及與之相伴的樂器也是促成的一大原因。所有的樂器之中，胡琴是最壞的一種了。牠所發的聲音，音色非常簡單，而且枯燥，有一種炸裂和用尖物擦劃着金屬板的意味；調子非常高，空洞，寂寞，而且殘酷。但牠刺激肉感却是很強的；你聽到以後，感覺神經底麻木，感覺肉底躍動，感覺洞虛和不安和急燥，因而想到暫且的滿足和逃避。這樣的音樂，又因為能夠連續不斷地發出很大的聲音（這是氣管樂器，崑曲的主樂笛所不及的），能夠掩蓋歌者聲音所不及，所以牠便抬起頭來，成為管理民族精神的主人了。舊的音樂不能改革，這個國家主義者的人們知道的，而他們實際上也并不要改革呢。

從上面的話看來，我們可以得到兩個結論：一，舊劇毫無藝術意味，只是民族卑劣精神的產品；二，舊劇的改革是不可能的，也無改革之必要，只有全部推翻；並且將由此引渡到第三個結論：程式化的戲劇是不可能的。

程式化是國家主義者心目中所認為最高的藝術，也是他們想要把戲劇引到那步田地的。所謂程式化者，就是他們要把人類的行為（藝術只是人類行為的一種，是表現、傳達、創造人類的行為，尤其是情緒的一種行為），分門別類，歸到一定的程式之中。這些程式，當然不和事實的表面相像，也不能表現事實的內容，只是用某一種東西代表他一種或若干種的東西。把這種程式連合起來，便成為他們的藝術。程式化的戲劇，他們沒有具體說明，但是要以舊戲為歸依是無疑的。舊戲裏他們所最稱賞的程式就是身段、台步、臉譜等。

藝術表現的方法只有兩種形式，寫實的和象徵的，而這兩種方法並沒有根本差異，只是程度上不同；除這兩種之外，我們沒有第三種叫作程式的（所有藝術上的派別，都不是形式問題）。藝術是表現人類行為的東西，而把所表現的傳達給別人。所以，某一種題材（我們所要表現的東西）我們要按着牠在日常生活中的程序表現，把牠表現得連外表也和日常生活的程序相像，那麼，這就叫作寫實的方法。若是，我們覺得按照日常生活的程序是不必需的，就是，日常生活中有些節目不重要，與所要表現的眞實無多關係，可以棄去，那麼，我們就剝去外形，徑直抓住我們所要表現所要傳達的東西，又徑直地表現出來，這就是象徵的方法。我們一定得表現眞實，永遠得表現眞實，但可以按照或不按着實際生活上的程序去表現，這樣就成為了寫實的或象徵的方法。程式就是記號和方式，是一種代表體；牠與所代表的本體並無關係，不過人們因利就便而這麼假定着然後加以公認。藝術裏面是不需這種假定的；藝術需要眞實，雖然眞實可以披上種種的外形。暗碼和符號和手式之類的東西，這些最完全最純粹的程式都不是藝術，那麼程式化的藝術當然不可能。把藝術放到一定的程式裏面去，只是促成藝術的窒息和僵死而已。

有時候在藝術裏有必要的省略，這是因為日常生活有種種別的障碍，與所要表現的眞實沒有關係，所以可以去掉。這是去掉浮面後所存的內容，而不是一件事情的殘餘，如去掉馬而只存下鞭。這不是程式，因為這個保存着眞實的完全精神，也不是眞實底代表、記號，也不是眞實分類綜合後的概括。

程式化的不是藝術。圖案畫，也不能代表繪畫而成為至高無上的藝術。

程式化的戲劇當然是不可能的。把人的動作歸納到一定的樣子和方式，要在這裏面找出藝術來，無論怎樣是不可能的。舞蹈是一種藝術（當然舞蹈不能取戲劇而代之），但舞蹈並不如國家主義者所說，作出某一定的動作去代表日常生活中另一種動作；舞蹈並沒有這樣笨呀。

　　如余上沅所說"歌所以節舞，舞又以節音（我們一看便知道這句話錯了，實際上只是音節歌。歌節舞，但暫不管這個，我們再看下去），樂、歌、舞三者打成一片，不能分開"的這樣的東西，也只是以音樂為主體的歌劇，不是 Drama。縱然有了這樣的東西，Drama底獨立存在還是絲毫不受影響的。何況他們已經走入錯誤的道路，迷戀着骸骨，鑽進舊戲的圈子裏，在歌劇底創造也是不可能的呢。

　　那麼，為什麼他們走了這樣的錯誤的途徑呢？這是因為他們是國家主義者的原故。國家主義者是只看見往古而看不見現在的。他們盲目地尊崇一切東方的、中國的、古代的東西，他們硬造出東西文化的區別來。他們以為中國沒有戲劇是一件可恥的事，於是便把那民族卑劣精神的產品的舊劇當作藝術了。梁實秋要把中國古代的古事傳說作劇本以創造國劇，謝冰心要人作項羽、岳飛一類英雄的悲劇，這都是沉溺在歷史光榮裏的昏話。假若是有民族光榮這麼一回事，則我們要有現代的光榮；假如有民族精神這麼一件東西，則只現代可以表現我們的民族精神。我們應該把歷史扔在背後，肩着現在，向將來跑去。歷史光榮之類的東西，讓國故家講去，決不是戲劇家的責任。

　　現在我可以得一個總結論：國劇是一班國家主義者所要求的，其根本則在東西文化之區別。在理論上，他們是要建設一種程式化的戲劇；表面上他們說要改良舊劇，但實際上則要求整個兒的舊戲，他們的國劇就是舊戲，異名同實的東西。舊劇是民族卑劣精神的產品，以性底侮弄和殘酷底賞玩為出發點，舊戲是沒有改良的餘地的；

國家主義者也並不要求改良。舊戲應該全部推翻，而程式化的戲劇是不可能，卽從舊劇以外再建設一種別的程式化的戲劇也不可能。國家主義者的根本觀念東西文化之區別是錯誤的，從這裏所引出來的尊崇中國固有的東西這主張也是錯誤的。我們應該拋棄舊的東西，重新創立我們的戲劇，表現我們自己的精神的戲劇，但是却不要加是國劇這樣的名目。藝術是沒有國界的。

VI 結 論

我這一篇簡略的短文現在應該結束了。在上面，我已經把劇作家和舞台的情形，以及國家主義者所提倡的國劇運動大略說過了，雖然很粗疏的罷，我想也許還沒有遺漏什麼重要的事件。就上面的觀察，我們看見戲劇在我們的國度裏沒有得到好的進展。劇本是非常淺薄，舞台是非常空虛，而一般為戲劇作工的人又沒有忠實的努力。這原因，在結束的時候，我想再抽出一點功夫來討論一下。

一個稍微敏銳一點的觀察者，可以看出戲劇和其他的文藝，尤其是小說，正走着同一滅落的道路。在質和量上，戲劇還趕不上小說，而最近，小說和詩都有一點新的曙光，戲劇則還是沉溺着，這沉溺，是使人感到空虛的寂寞，但也使人興奮起。我想，就在最近的將來，一定有許多不安於寂寞的忠實的工作者出來，給戲劇以新的生命。

這滅落的道路是，舊的幽靈之再現。

我從先曾經說過，舞台是完全沒有超出文明戲的水平線以上。而劇本也有着這樣的現象，現在所寫的許多劇本，雖然用着 Drama 的形式，但他們的思想、他們的見解，都同文明戲以至於傳奇一樣，完全沒有走上近代劇的道路。

自從北歐的作家，Ibsen、Bjonson、Stringberg，以及法國自然派的作家建設了自然派戲劇的基礎，完成了戲劇的新的觀念和新的使命，戲劇是，較之從前，更其沉着地與人生密接了。戲劇是顯示人類行為和思想的競爭，傾吐出人類的活動和忍受來。悲劇的意義，不復只是命運底頑固，性情底缺陷，或者是道德底警告與正義之扶持；喜劇，也不只是諷刺和詼諧。（在近代，已經有泯滅悲劇和喜劇之區分底趨勢）戲劇是，在更高的意義上，表示出人生內和外的奮爭，向習俗、道德、法律、制度，以及從遺傳所受到的壓力挑戰，在這些之下掙扎着的求生的人性。

　　近代的戲劇、自然派的作品，介紹到中國來的，也不為很少了，雖然是非常雜亂的沒有統系的介紹罷。新羅曼派的作品比較地少見。但 Maeterlinck、Syuge 等的劇本，也出現在市場上了。差不多世界名家的劇本，都或多或少地有一些翻譯。這些之中自然有許多惡劣的譯文，尤其是文學研究會的幾種，然而原著者的精神總可以看見一些的。但不知道怎麼樣，我們的劇作家，似乎都盲然於他們的環境和先驅者；他們拒絕他們所應該走的道路，仍然在做着古代的迷夢。拿現在的劇本一看，你將驚訝於其中有着和舊日的傳奇異樣地一致的份子，驚訝於舊的幽靈之充量再現的。

　　對於藝術底認識和醒覺，剛有着很短促的時間。而在一切藝術之中，戲劇尤其受到漠視和不瞭解。前幾年的文學革命運動的呼號者，胡適之一班人，是思想淺薄和短視者。他們並沒有對於藝術底深刻的了解和熱情的沉入，所以他們便拒絕不了舊的勢力之侵襲，讓牠們再戴着一個新的假面具跑出來。其實，所謂文學革命運動者，除掉把文言變成白話，換了一個新的工具之外，並沒有別的意義；藝術底地看來，是算不了一種革新運動的，因為裏面不曾吹入新的生命。這工作，還留着在，等待後來的人去努力。我們看看近來的作品，曾被稱為花園派的，豈不是無論從那一方面觀察，都是紅樓夢一類的東西嗎？才子佳人的思想（風流和自憐，驕倨和卑諂），豈不還是存在許多作者之中嗎？尤其是戲劇，受着較大的舊的勢力之牽引。舊戲和文明戲的傳染毒，無論是劇本，無論是舞台，無論是觀衆，都更其深陷地沉溺沒落着在。

我們的劇作家，思想是沉墮，觀察是狹淺，技術是拙劣。

我們的劇作家，似乎並沒有好好地生活着他們自己的生活，所以他們便不能清楚地觀察生活，因此他們也便不能好好地寫出一些眞實的東西來。他們只能夠從腐朽的骸骨，從舊的小說或詩詞，從舊的戲劇，從人們的流言，或者是從他們自己虛憍的妄想寫下若干虛偽、誇張、淺薄的文字。而他們觀察的範圍是這樣窄狹，以至於他們除掉青年間的愛的糾葛和不滿足之外再找不到別的題材。但他們就連這個也並未眞實地感到，只是從往先的或近今的愛情故事裏看到一些，便自以為有那麼一回事，而呻吟出來了。最近，國家主義者正急激地宣傳歷史底讚美。他們要把劇作家的眼光移到古代去，用一些偽辯的言詞去淆亂他們的聽聞。我從先已經說過，歷史劇是較難於建築起來而且也不必需。而且，僅僅盲目地歌頌歷史底光榮，是絕不會有眞正的歷史劇出現的。我們要不是好好地捉住現代，則我們必不能捉住歷史。

所以，我們的戲劇，只是在極其淺薄的觀察範圍之中，創造一些趣味或教訓或感傷來。在這種情形之中，是絕對不會有眞的藝術產生。

獨幕劇之多，簡直成為異常。獨幕劇是近代的產品，其與多幕劇的關係，正和短篇小說之與長篇小說差不多，並不只是比多幕劇較短的東西，也不是只有一景的戲劇。我們的劇作者，要統計起來，則有半數只作過獨幕劇，而劇本數目的比例則大過五與一！獨幕劇多量產生的原因，並不是這種形式的劇本為時代所需要，只是因為劇作者不諳熟作劇的技術，自以為獨幕的劇本比較易作，比較省事，這情形也正如短篇小說之過量產生一樣。

戲劇技術之粗率，戲劇知識之缺乏，實在是達到很高的程度。一些最粗淺最基本的區分，為獨幕劇與多幕劇、悲劇與喜劇、幕與景與場，都有許多人不能了解。照形式上看來，《王昭君》應該是獨幕兩景的劇本，但作者却寫為兩幕！最近一個頗有名望的女作家演講戲劇，她以為悲劇是可悲的戲劇呢！

很少有一兩個作家能夠經濟地用他們的人物和穿插，能夠經濟地構成他們的情節。很少有一兩篇劇本裏面的穿插能夠正確無誤，就是較有聲名一點的人如熊佛西、余上沅，都不能夠讓他們的劇本中的情節和穿插自然進行，沒有矛盾、衝突、荒謬的地方。他們常常用過多的東西把他們僅有的一點點內容窒息死掉，像一個傷飽的人。熊佛西永遠堆上許多繁煩的東西，甚至於一整幕；侯曜則歷史底地從盤古開天地說到大結局；田漢永遠不知道怎樣減去非必要的人物。

許多的作家都是用奇情、不意的事實、巧計，以構成他們的劇本。你要是從他們的劇本中把這些天緣湊合的事件取去，則他們的劇本便沙土似的崩潰了。他們不知道循事實底自然進展，不知道從正確的原因以取得他們所需要的結果。在結構一方面，陶晶孫的黑衣人和楊晦的來客（然而他在末一幕裏完全失敗了）是有着較進步的傾向。

人物底創造，我們的劇作家也失敗了。陳大悲在寫一些驚人的奇聞；丁西林在寫一些有趣味的瑣事；郭沫若在寫一些教訓；白薇女士在寫一些動人的情節；他們沒有一個注意到創造他們的人物，讓他們的人物變成有生命的，能夠人樣站在舞台上，所以，我們只看見一些傀儡、木偶留聲機，或者是非人的怪物、玩具的小丑佔據了我們的舞台，說着非人間的語言，做着非人間的活動。在幾十篇劇本裏面，我們很難以遇見一個眞正的人，有生命的有血肉的人，如我們在眞實的世界中所見——他們思想、活動、忍受、掙扎。這實在是一宗很不幸的現象。我們的劇本同我們的舞台一樣，我們還須努力去尋找人類。

除掉結構和人物，對話也是戲劇的一個重要分子。我們固然不一定需要詩劇一類的東西，把對話都用詩的形式寫出來。另一方面我們也不採取《水滸》或《紅樓夢》的方式，給每一個人以一種特別的記號，用些很淺薄的方法分別他們的口吻，但我們決不能不承認對話的重要。對話不只是要表明出某一個人的意思，便算盡了牠的使命，還應該表示出某一個人的生命來，而同時應該知道這是眞實的人底言語，是說給觀衆聽的。我們不能忘記了觀衆的耳朵。這一點也被所有的作家忽視了。陳大悲的對話像走江湖的唱語，丁西林的對話像對口相聲，郭沫若的是夢魘者的囈語，白薇的則是優伶的自白。

我們的戲劇，劇構是可笑的，人物是沒有生命的，對話是死的。一切都不曾生活起來。卑劣的趣味，淺薄的感傷，無聊的教訓，以及窄狹的短視的觀察一切的一切，都承襲着舊的幽靈，而在那下面呻吟着。誠然我知道，所有的劇作家都是青年（蒲伯英恐怕是惟一的例外罷），他們沒經過多的生活，他們的環境也許比較狹迫；但是，他們所受到的痛苦應該是很沉重的呀，然而我們的劇作家都具有非常之遲鈍的感受性，非常之麻木的官能。他們不能看也不能聽，他們與實際的生活隔絕着，除掉從舊的幽靈或新的幽靈裏襲取些淡薄的薪片之外便再不能有所創作。他們的生活是死沉的，他們的環境是滅沒的，眞理顯明，但是他們不能看；藝術的聲音在呼喚，但是他們不能聽，他們所能夠做到的，只是在紙上弄一些死沉滅落的東西。

　　戲劇是一種與人生最切近的藝術，在這裏面描寫人生的爭鬥，心靈間的、個人間的、個人與環境及社會間的，以至於階級間的，而戲劇是一種藝術，創造和傳達人底情緒的藝術。戲劇的使命在於創造和傳達情緒的，不在於顯示事件。只顯示事件的東西，將成為歷史或新聞或供宣傳用的小冊子之類，並不是藝術。但我們的作家却竭力在顯示事件這一方面努力。他們不知道怎樣創造和傳達情緒，只把一堆乾燥無味的事件搬到舞台上去；無論郭沫若似的教訓者，或丁西林似的趣味的創造者都一樣。戲劇是直接以眞實和眞實的情緒傳給觀衆的東西，沒有作者參加批評和解釋的餘地。所以，我們應該更其拋棄事件，而徑直創造出事件所產生的情緒來，譬如，我們要傳達對於死底恐怖那樣的情緒，我們却在舞台上給觀衆看一個囚犯的就刑，或一個病人之臨死，那麼觀衆所得到的會是什麼呢？他們看到了這樣的事件之後，他們將發出憎惡、煩厭甚至於快意，得到與作者所預期的相反的結果。事件底顯示只能引起官感的感覺，只有情結底傳達才能引起情緒底共鳴，才能造成眞正的藝術。戲劇是，無論劇本方面，無論佈景及與其相關的事物方面，都不要事件的仿造品。在藝術裏去仿造事件只能得到虛僞和誇張——不可救藥的失敗，我們應該追求眞實的方法、新的技術，追求人生的情緒，以求得情緒底共鳴。尤其是舞台的藝術，我們要造成一種新的表現。

　　將來怎麼樣的問題，我現在還沒有力量答覆。因為，從戲劇的本身裏，我還沒有看見新的曙光。現在還沒有顯示着新生的劇本，和努力於新的表現底舞台藝術工作者。但是，我們不要因此沮喪。戲劇是，應該和其他同時的藝術走着相一致的程塗的，無論上升或墮落。所以我們現在是可以從戲劇以外看到一點消息。在最近，我們看見已有一小部份人，眞實地感到生活底不安定，感到力底衝動了。這種不安定和衝動是新的藝術的原動力，我們已經漸漸看見有面對着生命面對着眞實而不逃避的作品，這些作品，雖然力量還是微弱一點罷，但是不久就要强盛起來，給一切的藝術以新生的。在最近，我們看見衰老者已經跑到他們的墳墓裏去了。這是一個好現象。我們不要害怕，以為新劇未產生之前而舊劇已經消滅會引起恐慌。事實上，只有先掃除了舊劇才可以騰出地方給新劇生長。

我想，好的舞台之興起恐怕還要遲緩一會。對於舞台，我們是需要完全的改革，完全的建設。演員的表演、佈景、燈光舞台底建築，以至於觀衆，都需要重新來一次，而在這些地方却是傳統的勢力更為沉重地壓着的地方。現在的社會狀況和經濟情形都不會允許有好的舞台出現，我的意思是，在戲劇底表演沒有完全成為“非職業底”以前，就是，有一個時期，我們的演員將和詩人或小說家一樣，不再受着合同和金錢的壓迫，而去賣他們的藝術，舞台藝術是不會成為最高的藝術的。而在現在的經濟制度之下，這樣的事差不多不可能。而且，在中國現在的社會狀況之下，想要辦小劇院和較好一點的職業戲院也是難能的，努力於舞台工作的人將感到較多的困難，而他們只能取得很少的指導和幫助，這不是使我們喪氣的一件事。正惟在最多的困難中，我們可以有機會發現較好、較新的路，而更其眞實地領會人生、領會藝術呢！

我想，我們戲劇底發展，會是劇本較先於舞台的。現在已經有一點這種形勢，在最近的將來還要如此。這是因為劇本底進展較之舞台可以少受到一些矽障，雖然並不比舞台容易。在最近的將來，我們將漸漸看見一種有摔掉一切的勇敢，大胆的劇本出現，代表一種新的精神的東西。這種劇本，無論精神和外表，都將粗豪、闊大而且勇敢，向着最激烈的生命底高潮進行；這是我們現代精神進展的方向。新的劇作家，將從混亂中發現他們的生命；他們將從混亂中求出他們的道路，將不與現在所有的任何派別的戲劇相同，而另成為一稱❶新的形式，表現出從混亂中發現生命而求出道路的精神。我們的舞台也將走這樣的途徑，不過恐怕要稍後一點罷。這樣的劇本，因為缺乏好的舞台底幫助（在某一意義上說，舞台可以叫作戲劇底實驗室呀），在技術上或者會不很完全。一方面，我們仍然要為戲劇作防禦的戰爭，宣傳、解釋而且要反抗，以得到社會底認識和接受，以促進我們的舞台。這樣的工作是需要忍耐和勞力。需要新的認識和瞭解，需要忠實和誠信；死沉滅落的人，只能讓他們走死沉滅落的道路，到他們的墳墓裏去。等到我們有了好的新的舞台之後，我們便會有着代表新的精神而且有完美的技術的劇本。

　　我們的戲劇不會長久沉墮的。舊劇和國家主義者的夢囈都會不久就消滅盡，至少是不會障礙戲劇的道路。我們扔摔了舊的幽靈，我們的戲劇便有了新生了。

十五年十二月，北京

---

❶　"稱"當為"種"。——編者註

編後記

　　培良，即向培良（1905~1959 年），黔陽縣人，現代作家。先後在北京私立中國大學、北京世界語專門學校攻讀。在大學讀書期間，向培良即從事文學創作，成為"狂飆社"主要成員，又參加了魯迅主辦的"莽原社"。曾創辦或編輯《豫報》《革命軍日報》《衡陽日報》《青春月刊》等，先後在長沙中學、大麓中學、華中美術學校、育才中學等任教，後經潘公展推薦，前往上海主辦上海大戲院，並兼任上海美術專科學校教授。抗戰時期，向培良曾先後擔任國立戲劇學校研究實驗部主任、民國政府中央文化運動委員會第一戲院巡迴教育隊隊長等，率隊在湖南、廣西等地巡迴演出。向培良一生的主要著作有《光明的戲劇》《離婚及其他》《沉悶的戲劇》《黑暗的紅光》《不忠實的愛情》《繼母》《中國戲劇概評》《導演概論》《舞臺色彩學》等，對戲劇研究非常廣泛且深入，研究範圍涉及戲劇理論、戲劇創作、戲劇舞臺、戲劇表演、戲劇批評等。在本書中，向培良針對 20 世紀 20 年代現代戲劇在中國的發展狀況進行分析和探討，介紹和評論了當時的主要戲劇創作者和評論家，如陳大悲、丁西林、胡適等，其中特別對於現代戲劇的內容、題材、舞臺、化妝、演員等，都提出了獨到的見解，而對於現代戲與舊戲的區別以及現代戲劇在中國的發展道路和前景也展開了探討。全書對於瞭解中國現代戲劇發展初期的基本面貌和存在的問題具有參考價值。

　　本社此次印行，以泰東書局 1929 年出版的《中國戲劇概評》為底本進行整理再版。在整理過程中，首先，將底本的豎排版式轉換為橫排版式，並對原書的體例和層次稍作調整，以適合今人閱讀。其次，在語言文字方面，基本尊重底本原貌等。與今天的現代漢語相比較，這些詞彙有的是詞中兩個字前後顛倒，有的是個別用字與當今有異，無論是何種情況，它們總體上都屬於民國時期文言向現代白話過渡過程中的一種語言現象，為民國圖書整體特點之一。對於此類問題，均以尊重原稿、保持原貌、不予修改的原則進行處理。再次，在標點符號方面，由於民國時期的標點符號的用法與今天現代漢語標點符號規則有一定的差異，並且這種差異在一定程度上不適宜今天的讀者閱讀，因此在標點符號方面，以尊重原稿為主，並依據現代漢語語法規則進行適度的修改，特別是對於頓號和書名號的使用，均加以注意，稍作修改和調整，以便於讀者閱讀和理解。最後，對於原書在內容和知識性上存在的一些錯誤，此次整理者均以"編者註"的形式進行了修正或解釋，最大可能地消除讀者的困惑。

文　茜

2016 年 9 月

《民國文存》第一輯書目

紅樓夢附集十二種	徐復初
萬國博覽會遊記	屠坤華
國學必讀（上）	錢基博
國學必讀（下）	錢基博
中國寓言與神話	胡懷琛
文選學	駱鴻凱
中國書史	查猛濟、陳彬龢
林紓筆記及選評兩種	林紓
程伊川年譜	姚名達
左宗棠家書	許嘯天句讀，胡雲翼校閱
積微居文錄	楊樹達
中國文字與書法	陳彬龢
中國六大文豪	謝無量
中國學術大綱	蔡尚思
中國僧伽之詩生活	張長弓
中國近三百年哲學史	蔣維喬
段硯齋雜文	沈兼士
清代學者整理舊學之總成績	梁啟超
墨子綜釋	支偉成
讀淮南子	盧錫烞

國外考察記兩種	傅芸子、程硯秋
古文筆法百篇	胡懷琛
中國文學史	劉大白
紅樓夢研究兩種	李辰冬、壽鵬飛
閒話上海	馬健行
老學蛻語	范椑
中國文學史	林傳甲
墨子間詁箋	張純一
中國國文法	吳瀜
四書、周易解題及其讀法	錢基博
老學八篇	陳柱
莊子天下篇講疏	顧實
清初五大師集（卷一）·黃梨洲集	許嘯天整理
清初五大師集（卷二）·顧亭林集	許嘯天整理
清初五大師集（卷三）·王船山集	許嘯天整理
清初五大師集（卷四）·朱舜水集	許嘯天整理
清初五大師集（卷五）·顏習齋集	許嘯天整理
文學論	［日］夏目漱石著，張我軍譯
經學史論	［日］本田成之著，江俠庵譯
經史子集要眢（上）	羅止園
經史子集要眢（下）	羅止園
古代詩詞研究三種	胡樸安、賀楊靈、徐珂
古代文學研究兩種	羅常培、呂思勉
巴拿馬太平洋萬國博覽會要覽	李宣龔
國史通略	張震南
先秦經濟思想史二種	甘乃光、熊瘭
三國晉初史略	王鍾麒

清史講義（上）	汪榮寶、許國英
清史講義（下）	汪榮寶、許國英
清史要略	陳懷
中國近百年史要	陳懷
中國近百年史	孟世傑
中國近世史	魏野疇
中國歷代黨爭史	王桐齡
古書源流（上）	李繼煌
古書源流（下）	李繼煌
史學叢書	呂思勉
中華幣制史（上）	張家驤
中華幣制史（下）	張家驤
中國貨幣史研究二種	徐滄水、章宗元
歷代屯田考（上）	張君約
歷代屯田考（下）	張君約
東方研究史	莫東寅
西洋教育思想史（上）	蔣徑三
西洋教育思想史（下）	蔣徑三
人生哲學	杜亞泉
佛學綱要	蔣維喬
國學問答	黃筱蘭、張景博
社會學綱要	馮品蘭
韓非子研究	王世琯
中國哲學史綱要	舒新城
中國古代政治哲學批判	李參參
教育心理學	朱兆萃
陸王哲學探微	胡哲敷

認識論入門	羅鴻詔
儒哲學案合編	曹恭翊
荀子哲學綱要	劉子靜
中國戲劇概評	培良
中國哲學史（上）	趙蘭坪
中國哲學史（中）	趙蘭坪
中國哲學史（下）	趙蘭坪
嘉靖御倭江浙主客軍考	黎光明
《佛游天竺記》考釋	岑仲勉
法蘭西大革命史	常乃惠
德國史兩種	道森、常乃惠
中國最近三十年史	陳功甫
中国外交失敗史（1840~1928）	徐國楨
最近中國三十年外交史	劉彥
日俄戰爭史	呂思勉、郭斌佳、陳功甫
老子概論	許嘯天
被侵害之中國	劉彥
日本侵華史兩種	曹伯韓、汪馥泉
馮承鈞譯著兩種	伯希和、色伽蘭
金石目錄兩種	李根源、張江裁、許道令
晚清中俄外交兩例	常乃惠、威德、陳勛仲
美國獨立建國	商務印書館編譯所、宋桂煌
不平等條約的研究	張廷灝、高爾松
中外文化小史	常乃惠、梁冰弦
中外工業史兩種	陳家錕、林子英、劉秉麟
中國鐵道史（上）	謝彬
中國鐵道史（下）	謝彬

中國之儲蓄銀行史（上）	王志莘
中國之儲蓄銀行史（下）	王志莘
史學史三種	羅元鯤、呂思勉、何炳松
近世歐洲史（上）	何炳松
近世歐洲史（下）	何炳松
西洋教育史大綱（上）	姜琦
西洋教育史大綱（下）	姜琦
歐洲文藝雜談	張資平、華林
楊墨哲學	蔣維喬
新哲學的地理觀	錢今昔
德育原理	吳俊升
兒童心理學綱要（外一種）	艾華、高卓
哲學研究兩種	曾昭鐸、張銘鼎
洪深戲劇研究及創作兩種	洪深
社會學問題研究	鄭若谷、常乃惠
白石道人詞箋平（外一種）	陳柱、王光祈
成功之路：現代名人自述	徐悲鴻等
蘇青與張愛玲	白鷗
文壇印象記	黃人影
宋元戲劇研究兩種	趙景深
上海的日報與定期刊物	胡道靜
上海新聞事業之史話	胡道靜
人物品藻錄	鄭逸梅
賽金花故事三種	杜君謀、熊佛西、夏衍
湯若望傳（第一冊）	［德］魏特著，楊丙辰譯
湯若望傳（第二冊）	［德］魏特著，楊丙辰譯
摩尼教與景教流行中國考	馮承鈞

楚詞研究兩種	謝無量、陸侃如
古書今讀法（外一種）	胡懷琛、胡朴安、胡道靜
黃仲則詩與評傳	朱建新、章衣萍
中國文學批評論文集	葉楚傖
名人演講集	許嘯天
印度童話集	徐蔚南
日本文學	謝六逸
齊如山劇學研究兩種	齊如山
俾斯麥傳（上）	［德］盧特維喜著，伍光建譯
俾斯麥傳（中）	［德］盧特維喜著，伍光建譯
俾斯麥傳（下）	［德］盧特維喜著，伍光建譯
中國現代藝術史	李樸園
藝術論集	李樸園
西北旅行日記	郭步陶
新聞學撮要	戈公振
隋唐時代西域人華化考	何健民
中國近代戲曲史	鄭震
詩經學與詞學 ABC	金公亮、胡雲翼
文字學與文體論 ABC	胡朴安、顧蓋丞
目錄學	姚名達
唐宋散文選	葉楚傖
三國晉南北朝文選	葉楚傖
論德國民族性	［德］黎耳著，楊丙辰譯
梁任公語粹	許嘯天選輯
中國先哲人性論	江恆源
青年修養	曹伯韓
青年學習兩種	曹伯韓

青年教育兩種	陸費逵、舒新城
過度時代之思想與教育	蔣夢麟
我和教育	舒新城
社會與教育	陶孟和
國民立身訓	謝無量
讀書與寫作	李公樸
白話書信	高語罕
文章及其作法	高語罕
作文講話	章衣萍
實用修辭學	郭步陶
古籍舉要	錢基博
錢基博著作兩種	錢基博
中國戲劇概評	向培良
現代文學十二講	［日］昇曙夢著，汪馥泉譯
近代中國經濟史	錢亦石
文章作法兩種	胡懷琛
歷代文評選	胡雲翼